JN093444

# 一寸先の闇

澤村伊智怪談掌編集

The future is a closed book
Compilation of kwaidan stories

澤村伊智
Ichi Sawamura

宝島社

# 一寸先の闇

澤村伊智怪談掌編集

# 一寸先の闇

澤村伊智怪談掌編集

目次

写真：福田光洋
装幀：菊池祐

# 名所

どパァん！

……って感じやねん、飛び降り自殺の音って。意外と派手な、弾けるタイプの音。ゴンとかドスンとかとはちゃうねん。

ああ、うん、もちろんそうや。どこから落ちても同じ音なわけがない。うちが住んでるマンション「サンビレッジB棟」十三階から十四階に上がる階段の、途中にある踊り場から、駐車場のアスファルトに落ちた時の音が「どパァん！」やねん。いっぺんだけ来客用の駐車場に停まっとった、車の上に落ちて死んだ人もおったらしいけどな。わたしはどんな音か聞いてへん。そん時はたまたま大阪の、お母さんの実家に帰っとったから。

そう。

みんな同じとこから飛び降りるねん。

さっきも言うたやろ。十三階から十四階に上がる階段の、途中の踊り場。靴を端っこに揃えて、手すりを乗り越えて、な。

時間は夜中。

バラけてるといえばバラけてるかな。早い時は十二時、遅い時は四時。終バスが家の前のバス停に停まるんが、十一時四十分やからな。覚悟決まった人でも二十分、そうやない人は何時間もかかる。そういう計算になる。

あれ、言うてへんかった？

うちのマンションで自殺する人、住人とちゃうよ。この太陽台ニュータウンの人でもない。何の関係もない人が、電車乗って、バス乗って、わざわざ飛び降りに来んねん。

初めて落ちる音聞いたんは小三の時。それまで住んどった、麓のアパートから引っ越してきて、すぐやな。

それから今日までの五年で、九人？

ちゃうわ、十人や。子供を数えてなかった。

せや、親子連れがおった。覚えてる？　お母さんと二歳児や。去年めっちゃニュースでやっとったやつ。あんなに騒がれたのに何で忘れてたんやろ。その頃はもう慣れとったつもりやったけど、やっぱり子供が死ぬんはショックやったんやろか。死体？　見たことないよ。

初めての時に見ようとしてんけど、お母さんに「見たらあかん！」って目え隠されて。そうそう、一家揃って廊下に出て、何やろって見下ろしてん。駐車場で何かあったんやろってのは、音がした方向で分かったから。お母さんが鈍い人やったら、バッチリ見れたかもしれん。

人が集まって、救急車とパトカーが来て。

翌日には片付いとったわ。そこだけ水浸しになっとった。大急ぎで洗ったんやろな、掃除の人か、管理人さんか知らんけど。登下校中にさりげなく近くまで見に行ったけど、ちょっとだけ赤いの、残ってたわ。

後から聞いたけど、植え込みとか、一階の廊下とか、ちょっと離れたところの車の屋根とかに、破片が落ちとったらしい。具体的にどこやったんかは謎や。噂やったらなんぼでもあるで。下顎とか歯とか、目玉とか脳みそとか。

管理会社の人、もう慣れてはんねやろな。最近は破片が後から見つかって、騒ぎになることもないわ。飛び降りがあったらちゃんと、わりと遠くまで、落ちてないか調べてはるみたい。

華厳（けごん）の滝って知ってる？

心霊写真の本に載ってた、自殺の名所。藤村（ふじむら）なんとかって学生さんが近くの木に遺書っていうか、詩を彫って、滝に飛び込んで死んでん。それが話題になって、後追いやないけど、華厳の滝に飛び込んで死ぬ人が続々出て、今もまだおるねんて。うん。死にたい人の中には、家とかで死にたくない人がおるみたいやね。死にやすい場所、死んで汚しても心が痛まん場所を探すねん。

ここ、目立つって？

かもな。

太陽台、よう見えるもんな。

山を切り開いて、マンションがいくつも並んでるん、遠くからでも見える。高速からでも、電車からでも。分かるやろ、あんたも遠足でバス乗った時に見たことあるんちゃう？　そうそう……。

でも。

でもな。

太陽台は目立つけど。

マンション並んでるんは遠くからよう見えるけど。

サンビレッジB棟は、見えへんで。

Ａ棟Ｃ棟Ｄ棟が、絶妙に隠しよんねん。他の棟はバッチリ見えるのに、Ｂ棟だけ電車からも、高速からも見えへん。まあ、せやからＢ棟、ちょっと他より安いねんけどな。何でって、この流れで分からん？　他の棟がジャマして景色が見えへんから。

おかしいやろ。おかしいやんな。

何でＢ棟やねん、Ａ棟でもＣ棟でもＤ棟でもなくて何でＢ棟だけやねん、ってなるやん。なるやろ。でも、それだけとちゃう。

うちで飛び降りる人ら、別に死にたくなかったみたいやねん。ニュース見ても週刊誌読んでも、みんな落ち込んだりとかもなくて、楽しく生きとってんて。

いや、分かるよ、分かる。心の中なんて見えへんもんな。死にたがってた可能性はあるよ。死にたい死にたいて人に言わんと、いきなり自殺する人もそらなんぼでもおる。おるけど……。

これ、誰にも言わんとってや。

約束やで。

……遺書、残ってんねん。

全部やないけど、いくつか。

ほんまや。

来て。見せたるわ。

ここ。

そうや。みんなここから飛び降りる。

よう見てみ。この手すりの、ここんとこ。

「タスケ」

って、読めるやろ。

タスケテって彫ろうとして、間に合わんかった。そんな気ぃせえへん？

こっちにもあるで。これ「ころ」ちゃうかな。

こっちは「し」。

こっちは「イヤ」。

管理会社の人も、警察も、全然気付かへん。ただの傷や思てんのかも。よう見えへん？　ごめんな、昼間やったらよう分かるねんけど。

せや。

みんな全然死にたなかってん。

せやのに飛び降りてん。

理由？　ここに来た理由やったら分かるで。人それぞれや。単純に夜景が見たい。家出したはええけど泊まるところがない。暴力振るう旦那から隠れられる場所を探してる。あとは何やったかな……まあ、十人が十人とも、何かあってん。

せや、十一人目は「サンビレッジで自殺した人らの遺書を見てみたい」。

そんな理由で、誘ったらホイホイ阿呆みたいな顔して付いてきた。ほんまはうちが誰かも分からんのに。

帰りたい？　何言うてるん、さっき乗ってきたバスが最終やで。

うちのこと、塾か何かの友達や思てたやろ？　せやったら名前は？　どこの学校の何年生？

このマンションの何階の何号室に住んでる？　分からんやろ。な？

あんたは何て彫る？

遺書、ここに残しいや。うちがそう決めてん。それくらいの時間やったらあげるわ。動かしてええんは手だけ。

華厳の滝や。藤村なんとかや。あれくらい賢いのん書いたら、許したってもええかもしれん。

何て書く？　誰に書く？　お母さん宛て？　お父さん宛て？　お祖父（じい）ちゃん？　お祖母（ばあ）ちゃん？　学校の先生？

何を泣いてんの？

遺書、書かへんの？

…………。

あーあ、おもんな。

ばいばい。

どパァん！

みぞ

小学生の男子三人が、公園でサッカーをして遊んでいた。

一人が思い切り蹴ったボールがあらぬ方向に飛んでいき、側溝に嵌まって転がって、見えなくなった。並んだコンクリートの蓋の下に入ってしまったのだ。

三人は側溝に顔を突っ込んで、交替でのぞき込んだ。並んだ蓋のわずかな隙間から光が差し込んでいるが、三人がどれだけ目を凝らしても、何も見えない。

一人が中に入ってみると言い出した。他の二人が止めるのも聞かず、蓋の下に頭を突っ込んで這い進む。

二人は蓋の上から呼びかけた。

「おーい、聞こえるか」

「おお」

蓋の隙間からチラッと服が見える。ごそごそと這う音が続いている。彼の真上から、二人で声をかけ続ける。

「ボールあるか?」

「いや、ないな」

「大丈夫か」

「うん……おっ、おっ」

「何? 何?」

「ぎゃー、気持ち悪い。これ、濡れた葉っぱが溜まってるんだ」

じゃぼ、ぐしゃ、と音がする。それでも奥へ奥へと進んでいく。

「ん？　なんだ？」中から不思議そうな声がした。

「どうした？」

「これは」

「え、あった？」

「待って、待って待って、うわっ」

「大丈夫？」

返事はなかった。声がしない。物音も聞こえない。

何度呼びかけても、何の反応もない。

上の二人が不安を覚えたその時。

ずずずず、と溝の中から音がした。

隙間から何かが見えた。服ではなかった。人の肌でも、髪でもない。

ずずず、と音は男子が入った方へと戻っていく。出ようとしているらしい。二人は訳が分からないまま引き返す。

ぼん、と出てきたのは、サッカーボールだった。

真っ赤な血にまみれていた。

濡れて腐った、黒い枯れ葉がいくつもへばり付いていた。

二人は悲鳴を上げて逃げ出した。

警察も、住民も探したが、溝に入った男子は今も見付かっていない。

小学校の通学路の途中にある、公園の側の溝には、そんな噂があった。親や近所の人、教師らが口々に教えてくれた。右記の文章はそれらを覚えている範囲で書き出し、それらしい表現で再構成したものだ。

近くに苔むしたお地蔵さんがあり、いなくなった男子を偲んで置かれたものだ、という由来も語られていた。

素直に考えて、作り話だ。

大方「溝で遊ぶな」と警告するために、大人の誰かが作り上げ、広めたものだろう。地蔵との因果関係も創作だ。子供が巻き込まれた事故の一つ二つはあったかもしれないが、溝に潜って行方不明になった男子など実在しない。怪奇現象も起こっていない。

幼い私はそう結論した。周りに信じている者はほとんどおらず、真に受けて怖がる子は皆でからかってもいい、そんな空気が強固にできあがっていた。

しかし。

ある日、一人の男子が、その溝に潜り込んだ。同級生グループとテレビゲームで対戦し、負けたことへの罰ゲームだった。男子は今で言う「いじられキャラ」で、ゲームで負けたのも同級生グループの狡猾な罠だったが、詳述はしない。

潜った男子だが、行方不明にはならなかった。

当初は嫌がっていたものの、溝に入ると黙り込み、三十分近くも籠もって、出てきた。泥と枯れ葉まみれの顔を拭うと、現れたのは全くの別人だった。年は同じくらいだが、見た目がまるで違う。

右腕が手首から肘までぱっくり裂け、血が流れていた。

グループの面々は一様に真っ青になった。一人が踵を返して駆け出すと、残りも一斉に、脱兎のごとく逃げ出した。

男子はごくごく普通に学校に通い、日々を過ごした。男子の親はもちろん、教師も、それ以外も、大人たちは男子の変化を気にしていなかった。気付いている様子もなかった。しばらく右腕に包帯を巻いていたが、それが取れると傷痕は少しも残っていなかった。

私たちは戸惑い、不安にかられ、苛立ち、やがて分裂した。中学に進学する頃には疎遠になり、今では互いの消息すら知らない。

# せんせいあのね

おととい、まさよしくんと、かわらの土をほってあそんでいたら、黒い人ぎょうが出てきました。人ぎょうは、とけたさるみたいな顔で、りょううでをふり上げていて、小さいねこくらいの大きさでした。

「大介(だいすけ)、こいつであそぼうぜ」

「うん」

ぼくは答えました。

なわとびでしばって、たかい草むらの中に立たせて、とおくから石をなげて、当てまくりました。それがおわると、川にながしてあそびました。さいごはしずんで、見えなくなったので、ぼくたちはかえりました。

夜になって、おきゃくさんがきました。知らない男の人でした。げんかんにお父さんとお母さんが二人とも行って、立ったまま、ずっとはなしていました。

その人が、かえって、何があったのか、きこうとしたら、お母さんに、

「大介、あんた、どろぼうなんかしてないよね」

と、ふしぎそうに言われて、

「してない」

と、答えて、ぼくはねました。

きのう、朝の会で先生が、

「まさよしくんが、きのうの夕がたから、いなくなって、けさ、川下で、見つかりました。すぐびょういんに行ったけど、ざんねんですが、ほんとうに、ざんねんですが、たすかりません

でした」

と、言って、女子がなき出しました。

ぼくは、まさよしくんがすぐ見つかって、とてもびっくりしました。まだきづかれてないみたいだけど、もうすぐけいさつが、うちにくると思います。

ぼくがやりました。

黒い人ぎょうに「大介、こいつであそぼうぜ」と言われて、すると、まさよしくんはうごかなくなりました。ぼくは、なんにもわるくないと思って、まさよしくんをしばって、石をぶつけて弱らせて、川にながしました。ながしてから、わるいことをしたと思って、こわくなりました。

「だれにも言うなよ、とくに、あの男にはぜったいだぞ。おれのてきだ」

と、黒い人ぎょうに言われたけど、書くのはできそうだと思ったし、先生ならだいじょうぶだと思ったので、書きました。さいしょはなぜか、ちゃんと書けなくて、でも書いてるうちに、だんだん書けてきて、もっとこわくなりました。

ごめんなさい。たすけてください。

二年四組　ふじ原大介

# 君島くん

小学五年の昌輝は放課後、先生に頼まれ、同じクラスの君島省吾くんの家に、プリントを届けることになった。

君島くんは一学期の始業式から今日に至るまで、一度も登校していない。先生からは「身体が弱いから」と聞いていた。

「宮本、急に引っ越したろ。あいつ一番近所だから、ずっと頼んでたんだけど。で、二番目に近いお前にバトンタッチ」

「毎日でなくていい。週に一度、原則は金曜。金曜が祝日の場合は木曜。木曜も休みの場合は水曜、以下略。そんな感じだ」

自分が命じられた理由は呑み込めた。スケジュールとしても楽だった。煩わしさも、遊ぶ時間を削られる心配もない。そもそも先生は怒るととても怖いから、逆らう気にはなれない。

そう思って昌輝は引き受けた。だが。

君島くんの家は遠かった。本当に校区内なのかと思うほどの町外れにあった。山の麓に建っているせいか、辺りは酷く薄暗い。赤茶の瓦は所々外れていて、汚れた壁の半分は痩せ蔦で覆われている。錆びた門扉の隙間から覗く庭は荒れ放題で、色あせたネズミやアヒルやクマの人形が、ぼうぼうの草の間に、斜めに突き刺さっていた。

「家の前に着いたら読むように」と先生から渡されたメモを読んで、昌輝は首を傾げた。しばらく迷ったが結局、書かれたとおりに行動することにした。

**〈①チャイムを鳴らさず、そのまま門を抜け、玄関ドアを開けて入ること。ドアは開けたら必ず閉めること〉**

門扉は少し開けただけで激しく軋んだ。

玄関ドアまでの飛び石はことごとく割れ、酷く歩きにくかった。

ドアを開けると、埃だらけの三和土と、蜘蛛の巣だらけの暗い廊下が見えた。ドアを閉めると、澱んだ空気が全身に纏わり付く。

昌輝は早くも帰りたくなっていた。


**〈②プリントを廊下に両手で、音を立てずに置くこと〉**


先生から受け取ったのは、やけに分厚い、Ａ４サイズの真っ黒なプラスチックケースだった。真ん中に白い修正液で「㋖」と書かれ、薄く透明なテープで厳重に封がしてあった。

受け取った時から妙だと思っていた。今は不安で一杯だった。ケースを持つ手が小さく震え、カタカタと硬い音が鳴る。それがいっそう不安を掻き立てた。

昌輝は床にそっと、両手で「プリント」を置いた。


**〈③廊下の奥に向かって「キミシマさん、キミシマさん、お受け取り下さい」と、挨拶するくらいの声で二回呼びかけること。返事がなくても気にしないこと〉**


書いてあるとおりに声をかけた。

何度もつっかえたが、どうにか二度繰り返す。

返事はなかった。


**〈④決して振り返らず、急いで家を出ること〉**


踵を返し、ドアを開けようとした途端、背後が慌ただしくなった。気配を感じた。

どんどん、ぎしぎし、と音が近付いてくる。

ぺちゃくちゃと話し合うような声も聞こえる。

だが何を言っているのかは分からない。

**〈④決して振り返らず、急いで家を出ること〉**

ドアは開かなかった。

音はますます迫ってくる。

呼吸が乱れに乱れ、嗚咽が漏れている。

昌輝は泣いていた。

**〈④決して振り返らず、急いで家を出ること〉**

そこでやっと、それまでドアを引いてばかりいたことに気付く。転がるように家を出た昌輝は這うように門をくぐり、逃げた。

　家に帰ってもう一度メモを確認すると、次にこんなことが書かれていた。

**〈⑤ここに書かれていること、中で見聞きしたことを、誰にも言わないこと〉**

昌輝はほっと胸を撫で下ろした。

疑問より「決め事を守れてよかった」という気持ちの方が、はるかに強かった。

それから毎週、昌輝は君島くんの家に「プリント」を持っていった。前の週に置いた「プリント」は、次に来た時には無くなっていた。

「プリント」を床に置いてすぐ家を出れば、音も気配もほとんど感じない。ただ物を置きに行って、ちょっと声を出すだけだ。労力としても大したことはない。昌輝はそう自分に言い聞かせて、先生からの頼み事をやり続けた。

やっぱりおかしいんじゃないか。

いや、何から何まで変だ。

そう確信できたのは六年生になってからだった。

**〈⑥先生にも質問しないこと〉**

ちょうどその時、母親にこう訊ねられた。

「こないだの金曜日、家とは違う方向に歩いてたけど？」

「えっとね、実は」

いい機会だ、と昌輝は説明した。とても緊張して、一言一言、口にするだけで心臓が跳ね上がった。

聞き終えた母親は言った。

「ああ、君島くんかあ」

じゃあ何の問題もないね、と合点した様子で、再びテレビに目を向ける。

訳が分からなくなって、昌輝は訊ねた。

「君島くんって？」

「母さんが小学生の頃は、四年生の担当だったよ。誰がやってたのかは知らないけど。まあ、それ知ったの大人になってからだけど」

「え……」

「お祖父ちゃんが子供の頃にね、一時期大人の役目に変わったんだって。でもすぐ戻ったって」

「そうなんだ」

「よかったね。大役じゃん」

大抜擢に乾杯、とビール缶を掲げ、美味そうに飲む。

この時間に家にいて、しかもくつろいでいる母親を見るのは久々だった。

「そっか」

昌輝はそれ以上、何も言えなかった。

いよいよ怖くなったのはその週の、金曜の放課後だった。いつものように、先生から君島くん宛ての「プリント」を受け取り、学校を出た直後のことだ。

人に言ってしまった。

決め事の⑤を破ってしまった。

行くのが怖い。かと言って行かなければ、届けなければどうなるか。

先生の怒った顔が頭に浮かんだ。クラスで怒鳴り声を上げる姿も。母親の笑顔も。

君島くんの家の前に着いた頃には、辺りは真っ赤に染まっていた。

トイレに行きたいのを堪えながら、昌輝は塀の前をうろうろしていた。

そこへ通りかかったのは、同じクラスで仲のいい、宗佑と健二だった。

健二が訊ねた。

「どうした昌輝」

「いや……実はさ」

「おい」遮るように宗佑が声を上げ、健二に言った。「この流れ、前にもあったぞ」

「うわ、そうだわ」

健二が険しい表情で言う。

「あの、健二、前にもって……」

「いや、五年の時なんだけど、宮本にここで会ってさ。ちょうどお前みたいに、塀の前を行ったり来たりしてて、で俺が声かけて」

「そしたら宮本、『実はさ……』って何か言おうとして、でも黙っちゃって」

ぎい、と門扉が軋る音がした。

「実は何だよ？　って俺らが訊いたら」

足音が背後に迫る。

「あいつ、いきなり笑い出してさ」

ぽん、と背中に何かが触れた。

健二は宗佑と顔を見合わせて言った。

「そのままどっか行っちゃって。その次の、次の日だぜ、あいつが引っ越したの」

昌輝はゲラゲラと笑い出した。

# 保護者各位

平成７年６月９日

保護者各位

北川西市立菱野目台小学校
校長　縦澤則清

## 登下校中の安全確保についてのお願い

拝啓
　時下ますますご清栄のこととお喜び申し上げます。平素より本校の教育活動についてご理解、ご協力いただき、厚く御礼申し上げます。
　さて、新しい環境に慣れて気が緩んだことによるものか、例年この時期から登下校中の転倒、児童同士のトラブル等が増加する傾向にあります。つきましては保護者の皆様に、下記についてご理解のうえ、お子様にご指導くださいますようお願い申し上げます。

敬具

記

１：集団登校では班長の指示に従い、グループから離れて行動しないこと

２：下校中は寄り道をせず、必ず一旦帰宅すること

３：登下校中はみだりに走ったり、急に立ち止まったりしないこと

４：登下校中は自分の荷物は自分で持つこと

５：菱野目台中央公園大グラウンド隅の銀杏の木の下に立っている、35歳前後の茶髪の女性に決して声をかけないこと

　もちろん、上記５点さえ徹底すればいいというものではなく、不測の事態が発生する恐れは常にあります。小規模な道路工事や些少の雨でも、児童にとっては充分に脅威たり得ます。繰り返しになりますが、保護者の皆様におかれましては常日頃よりお子様の見守り、お子様と安全についての話し合いをするなど、ご協力のほど宜しくお願い申し上げます。

以上

平成８年６月１０日

保護者各位

北川西市立菱野目台小学校
校長　縦澤則清

## 登下校中の安全確保についてのお願い

拝啓
　時下ますますご清栄のこととお喜び申し上げます。平素より本校の教育活動についてご理解、ご協力いただき、厚く御礼申し上げます。
　さて、新しい環境に慣れて気が緩んだことによるものか、例年この時期から登下校中の転倒、児童同士のトラブル等が増加する傾向にあります。つきましては保護者の皆様に、下記についてご理解のうえ、お子様にご指導くださいますようお願い申し上げます。

敬具

記

１：集団登校では班長の指示に従い、グループから離れて行動しないこと

２：下校中は寄り道をせず、必ず一旦帰宅すること

３：登下校中はみだりに走ったり、急に立ち止まったりしないこと。自分の荷物は自分で持つこと

４：菱野目台中央公園正面出入り口の門の横に立っている、35歳前後の茶髪の女性に絶対に声をかけないこと

　もちろん、上記４点さえ徹底すればいいというものではなく、不測の事態が発生する恐れは常にあります。小規模な道路工事や些少の雨でも、児童にとっては充分に脅威たり得ます。繰り返しになりますが、保護者の皆様におかれましては常日頃よりお子様の見守り、お子様と安全についての話し合いをするなど、ご協力のほど宜しくお願い申し上げます。

以上

平成９年６月１０日

保護者各位

北川西市立菱野目台小学校
校長　山井田茂

## 登下校中の安全確保についてのお願い

拝啓
　時下ますますご清栄のこととお喜び申し上げます。平素より本校の教育活動についてご理解、ご協力いただき、厚く御礼申し上げます。

　さて、暖かくなってきたせいか、校区内に不審者が出没しているようです。うち１名は12、3年前から出没し、児童を追いかけたり、暴言を投げかけ怯えさせたりする模様です。北川西市民ではなく、遠方から校区内を訪れているものと思われますが、詳細は分かりません。野放しになっているのが現状です。

　糾弾されるべきはもちろん不審者ですが、私たち大人にも問題がないとは言えません。地域社会の表向きの平穏を維持しようとする事なかれ主義が、不審者を増長させ跋扈させている。そうした実態も確実にあると考えます。

　つきましては保護者の皆様に、下記についてご理解のうえ、ご協力お願い申し上げます。

敬具

記

１：菱野目台中央公園近隣に出没する、35歳前後の茶髪の女性を見かけたら当校に連絡、もしくは警察に通報すること

２：当該女性について何か知っていることがあれば、どんなことでも学校に連絡すること
※連絡先はこのプリントの裏面末尾を参照

３：女性の特徴（１含む）やこれまでの行動を、ご家族、お子様に周知させること
・とても痩せている

・着古した薄緑色のタートルネックのセーター着用
・土の付着したロングスカート着用
・頬に紫色の斑点がいくつもある（ニキビ？　湿疹？）
・下校時間～午後八時頃にかけて、菱野目台中央公園前の歩道の街路樹に立つ
※昨年秋より向かいの歩道に立つことも
・自分の髪の毛を顔に擦りつけるような仕草（食べている？）
・歯がボロボロ
・声をかけた児童を追いかける
・過去、追いかけられて怪我をした児童が複数人いる。うち１名は両手を骨折。１名は頭部を強く打ち入院、転校
※詳細不明につき現在調査中

4：一部児童の間では、「かにく、かにく」と稀に声をかけてくることから、女性を「かにくおばさん」と呼んでいるが、これは本校の掲げる「ニックネームと健やかな交流」の理念に反するので、やめさせること

繰り返しになりますが、これまで不審者を野放しにしてきたのは、地域に横溢する事なかれ主義、一種の隠蔽体質であると考えます。ですが、これは保護者の皆様を一方的に非難するものではありません。当校職員もまた同じ体質に染まっていたと反省するばかりです。今後は児童の健全で安全な生活を守るため、皆様と一丸となって尽力する所存です。どうぞご理解、ご協力のほど宜しくお願い申し上げます。

以上

連絡先
0*-****-****(職員室)
担当　刈島譲（教頭）／前芝秀美（教諭）

平成９年１１月７日

保護者各位

北川西市立菱野目台小学校
教頭　刈島譲

**山井田茂校長に関する報道につきまして**

拝啓

平素より本校の教育活動についてご理解、ご協力いただき、厚く御礼申し上げます。さて、先月28日を以て休職された本校校長・山井田茂の怪我、失踪時および発見時の状況につきまして、根拠のない噂、流言飛語の類いが、校内はもちろん市内外に広まりつつあります。またテレビ、タブロイド新聞、写真週刊誌なども、これらの噂話を興味本位で取り上げ、いたずらに人々の好奇心を煽るような報道を続けています。

保護者の皆様におかれましては、信憑性の低い情報には惑わされないよう、心よりお願い申し上げます。またお子様にも、そのような情報を鵜呑みにしないよう、各家庭でどうかご指導をお願いします。

皆様のご理解とご協力あっての当校です。何卒宜しくお願い申し上げます。

敬具

連絡先
0*-****-****（職員室）
担当　刈島譲（教頭）／前芝秀美（教諭）

令和４年６月１日

保護者各位

北川西市立菱野目台小学校
校長　沼淵秀美

## 登下校中の安全確保についてのお願い

拝啓

時下ますますご清栄のこととお喜び申し上げます。平素より本校の教育活動についてご理解、ご協力いただき、厚く御礼申し上げます。

さて、新しい環境に慣れて気が緩んだことによるものか、例年この時期から登下校中の転倒、児童同士のトラブル等が増加する傾向にあります。つきましては保護者の皆様に、下記についてご理解のうえ、お子様にご指導くださいますようお願い申し上げます。

敬具

記

１：集団登校では班長の指示に従い、グループから離れて行動しないこと

２：下校中は寄り道をせず、必ず一旦帰宅すること

３：登下校中もスマートフォンや携帯電話、およびそれに類する通信機器を使用しないこと

４：登下校中は自分の荷物は自分で持つこと

５：裏門周辺のフェンスにもたれる、35歳くらいの茶髪の女性に決して声をかけないこと

６：菱野目台中央公園大グラウンド隅の銀杏の切り株の側に立っている、手足に包帯を巻いた60歳前後で白髪の男性に決して声をかけないこと

７：５、６の男女から不可解な言葉（「カニク」と聞こえることが多い）をかけられても、絶対に答えてはいけないこと

保護者の皆様におかれましては常日頃よりお子様の見守り、お子様と安全についての話し合いをするなど、ご協力のほど宜しくお願い申し上げます。

以上

# 血

父の実家には電車とバスを乗り継いで行く。住宅街の真ん中にある、古いが別段立派ではない平屋だ。住んでいるのは父方の祖父母だが、毎年この季節には、親族のほとんどが集まる。

充（みつる）はこの集まりが苦手だった。

「嫌い」と言えないのは、親戚が皆一様に優しいからだった。祖父母、伯父、伯母、いとこ。その他の何度聞いても関係を覚えられない遠縁の人々。悪い人は一人もいない。誰もが本心から自分を気にかけてくれる。それでも素直に喜べない。

「みーちゃん、おいでや」

最年長の従兄（いとこ）に呼ばれて、充は子供部屋に行く。「みーちゃん、おはよう」「おおきなったな、みーちゃん」「もう四年生か、はやいな、みーちゃん」「みーちゃん眼鏡かけるんや、似合っとうやん」と、いとこたちに声をかけられ、言葉を交わす。

「みーちゃん」と呼ばれるのはここでだけだ。それも居心地の悪い理由の一つだった。

いとこたち子供グループがテレビゲームや難しそうなボードゲームをしている間、充は壁際で一人漫画を読んで過ごす。少しも面白くない不良漫画とゴルフ漫画だが、出来上がった輪に入るよりはマシだった。母親と伯母たちが、子供たちのぶんの食事を持ってくる。唐揚げ、フライドポテト、その他、手で摘（つ）まめるもの。それらを食べながら子供たちは遊び続ける。充だけは漫画を読み続ける。

「みーちゃん、食いもんの油だけ、付かんようにしてくれよ」

漫画の持ち主である従兄が、遠くから冷淡に言った。充は頷（うなず）いて再び漫画の世界に没入した。

限界まで尿意に耐え、トイレに向かう。用を足し、トイレを出ると案の定、大人たちに呼び止められる。居間で飲み食いしている大人たちにとって、トイレは目に留まりやすいのだ。

居間では男たちがバラエティ番組を見ながら談笑している。女たちは台所と居間を行き来して、男たちに酒と食事を供している。

「おい」

と男たちが呼べば、

「はーい」

と女たちが給仕をする。

男たちが座卓に座り、女たちは台所で立ったまま語り合っている。

充が物心ついた頃から、この調子だった。もっとずっと以前からそうなのだろう。去年まで子供グループで遊んでいた従姉が、今は祖父にビールを注いでいる。父は伯父と語らい、母は台所で鍋を振っていた。

充は父の隣に座って、男たちの会話に参加した。いや、参加させられた。酒臭い男たちの話はほとんどが意味不明で、僅かに理解できるものは全て退屈だった。話しかけられても何を訊かれているのかよく分からず、途中から全て愛想笑いでやり過ごすことにした。

「なんや充、暗いな。オタクやな、オタク。萌え〜って日常会話で言うてんねやろ」

「そうやぞ充、どうせあっちの部屋でも漫画ばっかり読んどったんやろ」

「いとこたちとは話合わんか、充？　お前、昔から一人遊び好きやったもんなあ、畳の目ぇ数えたり」

「みーちゃん、飲みもん何にする？　コーヒー？　コーラ？　シュークリームもあんで。食べや」

「みーちゃん、もうお腹いっぱいか？」

充は「ウン」と「チガウ」だけで何とかその場を凌いだ。

胃が痛くなっていた。

大人たちがコーヒー、子供たちがジュースと菓子。つまり、もうすぐ出かける時間だ。

「ほな、行こか」

祖父が座椅子からぎくしゃくと立ち上がった。それを合図に大人たちは上着を羽織り、財布と煙草、ライターを摑み、だらだらと外へ出ていく。子供たちもそれに続く。

外はすっかり暗くなっていた。

闇を照らすのは錆びて傾いた外灯と、遠くを走る車のライトだけだった。人通りはほとんどなく、自分たちの親戚がぞろぞろと、だらだらと、ぺちゃくちゃと歩いている。いとこの誰かが躓いたのか、サンダルがパンッと大きく鳴り、わっと笑い声が上がった。充は笑わずとぼとぼと皆の後に続いた。従兄に小突かれ、伯父に頭を撫でられるなどしたが、特に反応らしい反応はしなかった。「ノリ悪いぞ、みーちゃん」と彼らに何度言われても愛想笑いで切り抜けた。

いくつもの角を曲がると、橋に出た。幅十メートルあるかないか、という程度の川に、車がすれ違える程度のアスファルトの橋が架かっている。

近くに一基だけある外灯の白く寒々しい光が、集まり飛び交う羽虫たちを照らしていた。

大人たちが欄干にもたれていた。煙草を吸いながら取り留めのないことを語らっている。いつの間に追い抜いていたのか、祖父がゆっくりとやってきて、皆に迎えられる。

「よし、ほないこか」

祖父は四角い重箱を抱えていた。お供えものだ。大人たちが食べていた食事の残りだ。祖父は重箱をうやうやしく掲げると、欄干から川へと投げ落とした。

ぱしゃん、とすぐに音がした。

いとこたちが川面を覗き込んで、「おお、中身出てへんわ」「上手いこと沈んだな」「今年はええ感じや」と口々に言う。

皆から距離を取って、充は欄干に摑まった。おそるおそる下に目を向ける。

夜より暗い闇が広がっていた。

流れのほとんどない川は暗い夜空を映していた。ただ真っ暗な平面に見えた。

先ほど祖父が投げた重箱は既に流されたか、あるいは沈んだか、目を凝らしても見えない。音もなく小さな泡が立ったが、すぐに弾けて見えなくなる。

闇色の川面をずっと眺めていた。目を逸らせない。親戚たちの声も、いとこたちが駆け回る足音も、笑い声も、聞こえなくなる。いや、聞こえてはいるが気にならなくなる。

ふるる、と水面が痙攣するように波立った。「おっ」と近くで誰かが言ったが、誰かは分からない。父か、伯父か、祖父か。

黙って見ていると、水の中で何かが動いた。そして。

ぷかり、と音を立てて。

白い顔が浮かび上がった。

女の子だった。

頬も、眉毛も睫も、唇さえも白い。

開いた目は真っ黒で、充を真っ直ぐ見上げている。

濡れた白い唇の隙間から、小さな歯が覗いている。舌も見える。

女の子は瞬きをして、ちゃぷ、と水の中から手を出した。充の方へと差し出す。

顔と同じくらい白い手だった。川の水に濡れているだけでなく、透明な粘液に覆われているのが、光の反射で分かる。粘液は伸びた爪と、細い指に絡みつき、糸を引いている。

彼女が口を開いた。

何かを言おうとしている。

充は思わず、彼女に手を伸ばした。差し出された手を掴もうとした、その時。

「みーちゃんはまだ触ったらあかん！」

冷たい声が飛んだ。

一番上の従兄が充を睨み付けていた。充が縮こまっていると、従兄は余裕の笑みを浮かべ、服のまま川に飛び込んだ。ばちゃん、と馬鹿馬鹿しいほど大きな音が辺りに響く。

泡立つ川の水の中で、従兄と女の子が絡み合っているのが、辛うじて見えた。互いの唇を吸い、身体をまさぐっている。

女の子は次々とやってきた。

闇色の水面から顔を出し、その度に従兄たちが飛び込んで、彼女らと水中で戯れる。大人たちは目を細めてそれを見ている。

川から顔を出した女の子たちは、従兄たちに抱かれて満足げな声を上げる。海豚の鳴き声にも、鳥の囀り（さえずり）にも似た鳴き声だ。

「もうちょっと大きなったら、な。充」

伯父が煙草を踏み付けながら言った。

「うん」

充は答えた。「もうちょっと大きなった」日のことを考える。それだけで身体が熱くなり、尿意のようで尿意でない感覚が下腹を突き上げる。

その日。

その日が来れば、これは楽しい集まりになるのだろう。大人の仲間入りができるのだろう。できるだろうか。こわい。

いやだ。でもやりたい。

充は荒い息で、バシャバシャと波立つ川を眺めていた。

# かみさまとにんげん

夏休みが始まっても、この町の小学生はそれまでと変わらず登校する。みんなでかみさまを作るためだ。児童会執行部が中心になって、六年生が下級生に編み方を教え、たくさんの縄を作る。先生は基本見ているだけ。口を出すことはあっても、手伝ったりはしない。子供が編んだ縄だけで作らないと、かみさまにならないのだ。

縄はそれぞれの教室で編む。

それが終わると縄を持って、体育館に集まる。昔から伝わる木の支柱を山車に乗せ、縄を巻き付け、少しずつ作っていく。途中何度も、神社のネギさんが、人の形に切った紙を、縄の隙間に挟んでいく。

この紙は「にんげん」と言う。

一昨年だったか、越してきたばかりの人が、紙のことを「かたしろだ」と言ったけれど、ネギさんは違う違うと答えた。人の代わりではあるけれど、これに悪いモノを移すわけでも、これから川に流すわけでもない、と。

夏休みが終わる頃、かみさまは完成する。

ずんぐりした身体。一本の手。四本の足。指はない。

ひょうたん型の大きな顔から、三つの大きな目が、バラバラの向きに飛び出している。ソフトボール大の目玉は支柱と同じく木でできていて、黒い瞳が墨で描いてある。口はない。

「何も食べないからだよ」

昔、先生から聞いたことがある。親もそう言っていた。お祖父ちゃんも。

でも昔、別の先生が、こんなことを口にした。

「それは建前で、作るのが面倒だったたんじゃないかな」

新任の、都会から来た先生だった。

次の年、その先生は倒れてきたバスケットゴールの下敷きになって、頭が潰れて死んだ。痩せていてもじゃもじゃ頭で黒縁眼鏡で、前歯が少し出ていて、かっこよくないのにかっこよく思えて、ちょっと好きだったけど死んだ。

かみさまに注連縄をして、引っ張って、体育館から出す。大きなかみさまを出すための、専用の出口がある。引っ張るのは中学生と、高校生だ。小学生はかみさまの後をぞろぞろと歩く。町中を練り歩いて、暗くなる頃に、山の麓の、所定の場所に置く。一部の大人を残して、みんなここで帰らされる。

篝火はしばらく焚くけれど、九時前くらいに消して、大人たちも帰る。消す時刻ははっきり決まっていなくて、音と気配で決めるらしい。どんな音か、どんな気配か、大人も知らない人は多い。知っている人は勿論教えてくれない。その夜は、誰も外に出てはいけない。

電気も点けない。テレビも見ない。カーテンは全部閉める。大人たちはロウソクの灯りでお酒を飲んだりするし、父さん母さんもそうしていたみたいだけれど、僕はすぐ布団に入って寝ていた。

朝になると、みんなぞろぞろと、かみさまのもとへ向かう。掘り起こされた土の濃いにおいと、鼻が曲がりそうなほどの青いにおいが漂っている。一夜明けて、かみさまはズタズタになっている。

固く巻かれた縄はあちこちが千切れ、解け、手足はほとんどなくなっている。辺りには縄の残骸と、土に汚れてくしゃくしゃになったにんげん。

　目玉はたいてい地面に転がっている。

　土と、泥と、枝葉が散らばっている。においの大元はこれだ。辺りの木はなぎ倒され、前の夜までなかった、山頂へと向かう獣道が一本出来ている。大人たちは獣道を無視する。子供もそれを真似する。前に一人の男の子が獣道に足を踏み入れて、その場の大人全員から怒鳴られて大泣きしていた。

　子供が触るとよくないからと、大人だけで残骸を拾って、町の真ん中を通る川に流して、その年のおかえしは終わる。

　僕たちはそうやって、この町で暮らしてきた。平和に、楽しく。誰も大きな怪我や病気をすることなく。

　だが、今年はどうだろう。

　今年のかみさまは、随分と小さい。二メートルもないし、昔に比べてスリムで、どう見ても頼りない。

　子供も、大人も減ったからだ。

　他所に頼んで作ってもらおうという案も出たが、結局、少ない人手で作ることになった。

　去年のかみさまは、一夜明けると支柱を残して、完全にバラバラになっていた。支柱には鑿で削ったような跡がたくさん残っていて、一部腐っているところもあったが、そのまま今年も使った。新しい支柱を作ろうと言い出す大人は、誰もいなかった。

　みすぼらしい今年のかみさまは、腰の曲がった大人たちに引っ張られ、退屈そうな十数人の子供たちを従えて、山の麓に辿り着く。

子供は帰る。大人たちは残る。

僕は二十歳というだけで、その場に残らされた。いざとなったら頼むぞ、と、よぼよぼになった大人の一人が言うが、いざとは何かは勿論分からない。大人は誰も説明しないし、僕も訊かなかった。

篝火を焚いて待っていると、山の奥から音がした。べきべき、と木がなぎ倒され、押し潰される音だ。岩が砕け、土を削って転がる音も続く。

大人たちと手分けして、篝火を消す。

音はどんどん近付いてくる。霊のにおいも山を下りてくる。甲高い、壊れた笛を吹くような音は鳴き声だろうか。

急いで帰ろうとすると、強い風が吹いた。

小石と、木の枝が降ってきた。

かみさまがバランスを崩し、山車から落ちてしまう。懐中電灯に照らされたのは、支柱がへし折れ、胴体のところで真っ二つになった、貧相なかみさまの姿だった。

「まあ、ここらが潮時だろ」

大人の一人がつぶやいた。

誰も答えないが、同意しているのが分かった。僕もそう思っていたからだ。

鳴き声が降ってきた。

振り返ると夜の闇より暗い影が、長い胴体をくねらせて、僕たちを見下ろしていた。

# ねぼすけオットセイQ町店301号室のノート

２０００／１／１
みゆ♡りゅうた
ＬＯＶＥ×∞愛してる　ずっと一緒にいようね

１／２
楽しかった

２０００／１／12
闇夜の爆音胸に秘め
この道ひとつと決めたなら
一生一度の青春を
地獄で咲かせて燃え尽きる
愛する女のためならば
散らせてみせましょこの命

２０００／１／20
わたしたち不倫してます♡♡♡
今日も気持ちよかった〜最高♡♡♡　by R
楽しかったです　by T

2000／1／29
傷付け合ったこともあったね
裏切り合ったこともあったね
眠れぬ夜を何度も過ごして
一人の夜をただ繰り返して
もう一生離れないよ
もう一生離さないよ
神様この瞬間を永遠にして
神様これが最後の恋にして

2／1
090××××××××
レミ

2／4
初めてホテル来ました
最高でした♡
ホットドッグばりうまかった～！

あとオムライスもまあまあ〜！

2／7
ここ出るよね？
→
出る↑出る↑出るかボケ
　　→
　　お前がボケ

4／2
楽しかった

4／28
報告させてください。26歳アルバイトです。
本日遂（つい）に童貞を卒業することができました。
正直なところ「こんなもんか」という気持ちもありますが、概（おおむ）ね満足です。
→　　　　　→　　　　　→
おめでとう！　おめでとう！　よかったね！

5／1

出ます

バスルームからいきなりシャワーの音

行ったら熱湯が出てる　何回もなる

→

うおお！

これと同じこと起こった！

ゾッとした！

→

バスルームに出た

ただしお湯じゃなく女の声

→

やばい

これ読んでたら女の声が

本当にバスルームから聞こえた

→

シャワーから熱湯がいきなり出てあせった

ヤケドするとこだった

→

それは霊関係ない

→あるよ

→ない！

8／1

ここに泊まる人へ

マジで部屋を替えてもらった方がいいです

確実に何かがいます

8／2

楽しかった

弐〇〇〇年玖月弐拾壱日　子の刻

私には霊感が有ります。

結論から言うと、この部屋には霊がいます。

入った瞬間、肩が重くなりました。

ふと視ると、部屋の隅に女の霊が立っていました。赤いワンピースを着た、長い髪の女です。

手足も顔も骨張って、血走った目を異様に見開いていました。この世の存在でないことはすぐ分かりました。

一緒に来た夫は霊感がないので気付いてませんでしたが、すぐに「寒気がする」と言い出しました。

私は女の霊に「どうしてここにいるの」と訊きましたが、彼女は答えることなくバスルームに歩いていき、ドアの前でフッと姿を消しました。

少しして、バスルームからシャワーの音がしました。

ドアを開けると物凄い量の湯気がドッと部屋に流れ込んできました。

その湯気の向こうで、女が熱湯のシャワーを頭から浴びていました。

皮膚はベロベロに爛れ、髪の毛は抜け落ち、唇は水膨れの塊みたいになっていました。

慌ててバスルームのドアを閉め、夫と相談し、フロントに部屋を替えてほしいと連絡したところ、弐つ返事で別の部屋に案内されました。このホテルで壱番高い七階の部屋です。

そこで壱泊しましたが特におかしなことは起こりませんでした。

私の肩も元通り軽くなり、夫の寒気も消えていました。

ですが、弐人とも異様に疲れ、帰宅して丸壱日使い物になりませんでした。

その後調べたところによると、昭和の終わりの頃、痴情のもつれの末、このホテルでOLが惨殺されていたことが分かりました。

あの女がそのOLかどうかは確認できていませんが、私はそう確信しています。刹那→

これ本当？

バスルームに人の気配がするんですけど

→
いいえ、嘘（うそ）でしょう。

喩（たと）えが分かりにくいかもしれませんが、この刹那という方の書いた文章は、「体験者が全員死んでいるのに詳細が伝わっている怪談」と似ています。

部屋を替えてもらったのなら、どうしてこの部屋のノートに書けるのか？　「その後」などという後日談がどうして書けるのか？　チェックアウト後に調べて、またここに休憩なり宿泊なりして書いたということ？　わざわざ？　何のために？

そもそもこのホテルが建ったのは一昨年（おととし）です。看板やアメニティのロゴを見てください。下に「SINCE1998」と書いてあります。そんなホテルがどうして、「昭和の終わりの頃」に起こったOL惨殺事件の舞台になり得るんですか？

ほら、ちょっと考えただけで、おかしな点がいくつも出てきますよね。素直に考えて、刹那という方の記述は自称霊感体質の作り話でしょう。なので真剣に受け取らない方がいいです。

Y・W（T大生）

12／2
楽しかった

12／24
楽しかった～♡

1／6
5日遅れのHAPPY NEW YEAR!
やりすぎて最後の方ちょっと痛かった涙涙

T大生のY・Wです。
少し気になることがあって、警察庁関係者の親戚に頼んで調べてもらいました。すると意外な事実が分かりました。
このラブホが建つ前、ここは「パレスQ」というやっぱりラブホで、そこで1988年1月2日、変死体が発見されたことがあったのです。死んだのは31歳の妻子ある会社員と、同じ会社で働く27歳のOLでした。死因は不明ですが、最終的に事件性はないものとして処理されたとのこと。いわゆる腹上死（ふくじょうし）ですが、それでも不審な点はあったようです。30歳前後の健康な男女が同時に、というケースは限りなくゼロに近いことがまず一点。それと二人は普段から怪談
（判読不能）

1／17
シャワーの音が聞こえました。

見てみたら熱湯が出ていました。
またシャワーの音。見にいったら熱湯。
バスルームの戸が開いた。
女

2／2
楽しかった

3／2
楽しかった

7／2
楽しかった

9／2
楽しかった

10／10
これ誰かのイタズラだよね……？

11／2
楽しかった

12／2
楽しかった

1／2
楽しかった

（以降のページは破り捨てられている）

# さきのばし

# 一

バイトで一番後輩の肥後ちゃんから「矢島さん、お、お、お買い物に付き合ってもらえませんか」と言われて、わたしは返答に困った。

スーパー「くらしマート」のバックヤード。

わたしはちょうどキャベツを三玉、半分に切り終わったところだった。

「服とか買いたいんですけど、どういうのがいいか、よく分からなくて」

大きな身体をモジモジさせ、潰した段ボール箱を両手で抱えながら、彼女は一気にそう言って黙った。顔を伏せて小さくなっているけど、それでもわたしより頭一つ大きい。

正直なところ意外だった。肥後ちゃんは太っているしメイクもほとんどしていないし、服だっていつもユニクロかＧＡＰ、しかもだいたい黒か紺で、見た目にはあまり気を使わないタイプだと思っていたからだ。

ただ、それも今までそうだったというだけで、何かのきっかけで目覚めることも普通にある。でも勝手が分からなくて、誰かに意見を聞きたくて、目に留まったのが仕事柄それなりに世話を焼いてくれそうな、バイトリーダーのわたしだった――ということなのだろう、おそらく。

わたしは小学校の頃から相談役になるのには慣れていた。頼られる、任される。老け顔のせいもあるのかもしれない。

「いいよ。どこ行きたいの?」

キャベツをラップしながら、わたしは言った。

彼女は「あ、ありがとうございます」と身体を揺らした。

それが先月のことだ。

ゼミの演習が立て込んでいるわたしの都合で、買い物は日曜日に。

フリーターしかも夜型の肥後ちゃんの希望で、駅での待ち合わせは夕方の五時に。彼女が行きたがっていたショッピングモールに着いたのは六時だった。

日曜の夜はわりと混雑していて、しかも肥後ちゃんに合うサイズの服がなかなか売っていなくて、最初はとても困った。肥後ちゃんは慣れない人ごみに疲れたのか、歩くのも大変そうだったけど、さんざん迷ってTシャツを三枚と、アヒルの絵が描いてある薄手のパーカーを買った。わたしはカットソーを買った。

モールのレストランはどこも混んでいて、結局、わたしたちが腰を落ち着けたのは、地元の駅からちょっと歩いた、国道沿いのよく知らないファミレス「ウィリアムズ」だった。

時刻は十時を回っていた。

二

「そこそこ美味しいね、ここ」

「あっ、はい、そうですね」

「デニーズ以上、ロイホ未満ってとこかな」

「じゃあ、フォルクスくらいじゃないですか」

「フォルクスはロイホと互角じゃないかなあ」

ソファの向き合った四人席に、わたしと肥後ちゃんは対面で座っていた。チキン何とかのトムヤム何とかセットを食べ終わったわたしはメニューを開く。

肥後ちゃんはとっくにメキシカン何とかハンバーグのチーズのせ・ライスセットを平らげていて、今は山盛りのシーザーサラダとフライドポテトを食べている。服を買う努力はしても、ダイエットまでする気はないらしい。

デザートを食べようとメニューの写真を見比べていると、ふと妙な気配がして、わたしは顔を上げた。

肥後ちゃんが空になったわたしのお皿をじっと見ていた。

チキン何とかがのっていたステーキ皿と、トムヤムクンの入っていたスープ皿を。

わたしが見ているのに気付いて、肥後ちゃんはさっとサラダに視線を戻した。

虫でも飛んでたのかな、と思いつつ、わたしは再びアイスの写真を見る。アイスというよりシャーベットの気分かもしれない、マスカットもいいけどシークワーサーかな、などと考えていると、また気配がしたので顔を上げる。

やっぱり肥後ちゃんがわたしのお皿を見ていた。

口を真一文字に結んで、恨みがましそうにお皿を凝視していた。

「どうしたの?」

わたしは訊(き)く。

「いえ、な、何でもないです」

肥後ちゃんは膨らんだ顔を振る。長い黒髪がバサバサと広がる。でも視線は空のお皿から離さない。というより、離せないでいる感じだ。

「何でもなくないよね。お皿に何か付いてる？」

「いっ……いいえ」

「あれかな、お皿も買う予定だったとか？　それ今になって思い出して――」

「違います」

肥後ちゃんは小さくなっていた。そして子供みたいに、フォークの先を口に咥えた。

「ひょっとして――」

失礼かもしれないと思いつつ、わたしは訊いた。

「欲しかったの？　その、チキンのやつ」

「……………」

肥後ちゃんは固まった。真ん中に寄った顔のパーツを更に真ん中に寄せ、小さく二回、うなずいた。フォークは口に咥えたままだった。

「なんだ、言ってくれたらあげたのに。ごめんね、わたし食べるの早かったかな」

わたしは努めて明るく言った。肥後ちゃんはフォークを口から抜いて、

「いえ、そんなことないです。わたし……」

しばしの間。わたしは待つ。

「……トロいんです。そういうの。ごめんなさい」

ようやく彼女は言ったが、意味がよく分からない。

考えそうになって、やめよう、とわたしは思った。この話題はきっと続かない。

「いいよいいよ、謝んなくて」

メニューに顔を戻し、しばらく悩んで、わたしは呼び出しボタンを押した。

肥後ちゃんがサラダとポテトを平らげたしばらく後、こけしのような顔と体つきの女性店員が、わたしの前にブレンドコーヒーと、イチゴの何とかサンデーをそっと置いた。

「こちら空いてるお皿お下げします」

店員はそう言ってわたしと肥後ちゃんのお皿を下げ、機械的にきびすを返す。不意に肥後ちゃんが「うあ、あ」とうめき、身体を揺する。泳いだ目がわたしを見る。

注文したいのだ、とわたしは察した。

「すいません、注文いいですか」

店員は小声で返事をし、振り向きざまに鮮やかな手さばきで端末を構え、わたしたちに向き直った。

「あああ、あのう」

肥後ちゃんはもごもごと口を動かす。

「大丈夫だよ、ゆっくりでいいよ」

わたしはそう言って、こけし顔の店員を見る。彼女は何でもないような顔で立っている。肥後ちゃんはふーふーと何度も呼吸を繰り返して、

「……ビール」

このタイミングでビールか、とわたしは思った。

店員は全く動じた様子もなく、

「こちらキリンの一番搾りですがよろしかったですか」

「は、はい」

「こちらジョッキとグラスと小瓶ございますが」

「ジョッキで」

「ご注文確認させていただきます」

こけしの店員はたった一品の注文を繰り返して器用に片手でパタンと端末を閉じ、すたすた歩き去った。大袈裟に胸をなでおろしている肥後ちゃんに、わたしは訊ねた。

「食後にビール？」

「違います、っていうか。そうなんですけど違う」

「え、ごめんどういうこと？」

わりと強く否定されて、わたしは戸惑いながら訊いた。笑顔を保つ。

これは掘ってもいい話題だろうか。そもそも楽しい話題になるのかどうかも怪しい。

黙って見つめていると、肥後ちゃんは決心したように口を開いた。

「トロいんです。わたし、すごく」

「それ……さっきも言ってたけど。よく分かんないな」

正直に言うと、彼女は姿勢を正し、

「これ言うぞ、とか、あれやんなきゃ、って思っても、実行に移すのが……」

途中で声が消えた。そんなに恥ずかしいことだとは思えないが、気にしているらしい。

わたしは彼女の言葉と、さっきまでの行動を頭の中で繋げてみる。

「じゃあ、ビールは最初からずっと飲みたかったけど、さっきやっと頼めたってこと？」

「そ、そうなんです」

肥後ちゃんは泣きそうな顔で、

「なんか、矢島さん、注文すごいテキパキ決めたじゃないですか。すぐボタン押したし。だからわたしもさっさと決めなきゃって思って、それでわたしだけビールっていうのも変かなって思って、それで、最初にそれ、ビール頼んでいいですかって訊いてから頼もうって思って、でも、タイミング合わなくて……ご飯も、て、適当に……」

最後はやっぱり尻切れで言った。

軽くダメ出しされている。悪気はなさそうだと思って、わたしはすぐ平静を取り戻す。イチゴを摘んで食べ、葉っぱをお皿に置いてから、わたしは言った。

「気にすることないよ。わたしがせっかちなのもあるし」

「違うんです。ぜったいおかしいって思うんです」

語気を強める。

「どうしたの急に」

「そ、それも違うんです。『急に』じゃないんです」

どういうことだろう、と思った一秒後に思い当たる。

「じゃあ、前からずっと気にしてて、それで今回……」

「そうです、相談しようと思ってたんです。矢島さんそういうの、すごいアドバイスとか、してくれそうだから」

「相談しようって思って、その前段階で買い物に誘ったの？」

「ま、まあ、はい……」

「うーん」

わたしは一呼吸置いて、やんわり言った。

「ちょっと、遠回りだったかもね」

気心の知れた同級生だったら「回りくどい」と言ってやるところだが、気にしている相手にはまずいだろう。

「そう……なんですよ。全部こんなんで」

肥後ちゃんはしゅんとする。計ったようなタイミングでこけしの店員が現れ、ビールを肥後ちゃんの前にトンと置き、伝票を置いて「ごゆっくりどうぞ」と歩き去る。

「じゃあ、仕切り直しというか、こっから本番というか」

わたしは半笑いでサンデーのカップを掲げる。肥後ちゃんは少し固まってから、真ん中に寄った顔をニコッとさせてジョッキを持ち上げる。

「はいお疲れー」

「お疲れ様です」

分厚いガラスがぶつかってガキンと重く鳴った。カップをテーブルに置いてから、わたしは言った。

「じゃあ、ゆっくりでいいから、全部言っちゃって。がっつり聞くから」

「はい」

肥後ちゃんはジョッキをあおった。

三

十五分後。わたしは何も言えなくなっていた。

彼女の「トロい」は予想を超えていたのだ。

フリーターになったのも本意ではなく、もともと調理関係の仕事に就きたかったらしいが、先生や親に相談しようと思っているうちに、高校を卒業してしまっていたらしい。

「じゃあ、高校の時からそういう、後手後手がクセみたいになったのかな」

「それが、中学の時、わたし埼玉だったんですけど、一年の中間、社会のテストでー」

話が飛ぶのは酔いが回ってきているせいだろう。張った顔がほんのり赤い。

「社会の中間テストで？」

「なんかー、合ってるのに、バツが付いてるところがあってー」

「ああ、採点ミス」

「はい、そ、それでー、先生に言おうって思って、言ったのが……」

「うん」

「……三学期の終わりの、終業式で」

「年、またいじゃったんだ……」

「三年」

「え、なに、どういうこと？」

「……三年の三学期です」

「それ、卒業式ってこと？」

「……はい」

「そっか……」

「……ごめんなさい」

「いや、謝らなくていいよ全然。悪いっていうのとは違うから」

わたしはサンデーのカップを掻き回し、溶けかけたアイスを口に含んだ。肥後ちゃんはまたジョッキをあおった。

話を総合すると、彼女は物心ついた時から、既に行動が遅かったという。幼稚園の頃、転んで膝が痛くても、痛いとも言えず泣き叫ぶこともできず、翌朝にベッドから出られずにいたのをようやく親御さんに気付かれて病院に運ばれ、そこで骨折が判明した、ということもあったそうだ。

「変な言い方だけど、骨折で済んでよかったね」

「はい」

「でもさ、それで今まで無事に生きてこられたわけだし、ギリギリのところで自衛できてるんじゃないかな。あと周りの人と上手くやれてるっていうか」

「そう……ですかねー」

「死んだことはないよね？　はは、あるわけないか」

「…………」

「……あるの？」

「小学校の時、カメの浮き輪みたいのに乗って海で遊んでてー」

「うん……」

「なんかー、潮の流れに乗っちゃって、だんだん沖に流されてってー」

「うん……」

「助けてーって言おう言おうって思っても言えなくて、それでどんどん流されてってー」

「うん……」

「二日後にー、何かの漁船に救助されてー。わたし全然覚えてないんですけど、なんか脱水症状と熱中症で……それで気付いたら病院で……一週間くらい意識不明で……」

わたしが言葉を失っているのを見て、肥後ちゃんは顔を伏せた。

狭いソファに大きな身体を押し込めている彼女を見て、わたしは呆然（ぼうぜん）としていた。

遭難は事件だ。

死なくてよかったとは思うが、家族、警察、海上保安庁、漁船の乗組員、病院の人、大勢を動かしている。「煩（わずら）わせている」とまでは言わないが、ある種のご迷惑をおかけしたのは事実だろう。肥後ちゃんのトロさは社会に影響を与えるレベルなのだ。いや、実際に「与えた」のだ。

のろま、愚鈍（ぐどん）、ぐず、木偶（でく）の坊。普段は使わない言葉が頭の中を回る。

肥後ちゃんは小さくなって、自分の丸く太い指を見つめている。

周りを見渡すと、いつの間にか、来た時よりもお客は減っていた。

通路を挟んで斜め向かいの席で、パッとしない中年の男性客が三人、ひそひそと何かを話し合っていた。足元にはパンパンになったボロボロのリュックが三つ。

一様に早口でまくし立てる会話の合間に、「かなの」「さきな」「ふぁむふぁたーる」「かぶとむしこ」と、よく分からない名詞のようなものが漏れ聞こえる。

テーブルに視線を戻すと、イチゴの何とかサンデーはすっかり溶けていた。

肥後ちゃんのジョッキも、わたしのコーヒーカップも空になっていた。

「コーヒーのお替わりいかがでしょうか」

こけしの店員が狙ったかのように現れ、茶色い液体の入ったサーバーをさりげなく掲げる。

今やすっかり珍しくなった、店員が注ぎにくるサービスか。

「おいくらですか」

「こちらお替わりは無料になります」

こけしはかすかに口角を上げて言った。

「じゃあ、下さい」

こけしは軽く会釈してカップをお皿ごと手に取る。わたしは肥後ちゃんに声をかける。

「肥後ちゃん、ビールもう一杯飲む？」

「は、え、ビールはお替わり無料じゃないですよね」

「申し訳ございません、ビールは通常料金になります」

こけしが手を止めて言う。

「飲みたいならわたしが払うよ。ていうかこれ全部払う」

「えー、でも……」

「いいよ。それくらい全然」

「うーん……」

「お替わり要るの？　要らないの？」

「じゃ、じゃあ、もらいます。ジョッキで」

「ご注文確認させていただきます」

こけしが歩き去る。わたしはぼうっとした頭をコーヒーで覚ましてから言った。

「肥後ちゃん、問題はよく分かったよ。深刻なのも分かった」

彼女は俯いて指をもぞもぞと組む。

「要は肥後ちゃん、変わりたいんだよね」

「は、はい」

バサバサと髪の毛をなびかせて、彼女は力強くうなずいた。

「じゃあさ、いま肥後ちゃん、自分で対策的なことやってる？」

「えっ……」

「うん、だよね」

重力を身体の内側へ向けるかのように縮こまる肥後ちゃんを見て、わたしはかわいそうに思いながら続けた。

「今さっきだって、わたしが急かさないと、ビールのお替わり、できなかったんじゃないかな」

「………」

「一個一個、キチンとやっていくしかないんじゃないかな。自分で。一番大変だけど、それが一番シンプルで、確実なことだと思うよ」

「……矢島さん」

肥後ちゃんが顔を上げた。真っ赤な顔の中央で目は潤み、鼻からは鼻水が伝い始めていた。への字の口はプルプルと震えている。涙がぼたりと、組んだ指の上に落ちた。

言いすぎた、わたしは慌ててカバンに手を突っ込み、タオルかハンカチを探す。

「ご、ごめんね肥後ちゃん、ちょっとキツい言い方だったよね」

「違うんです」

「違うって何が」

「う、嬉しいんです……嬉し泣きです」

「え、なんで」

わたしはよく分からないまま、ようやく摑めたハンカチを渡す。彼女はそれを顔に押し当ててごしごしと乱暴に拭く。

わたしは肥後ちゃんが落ち着くのを待った。斜め向かいの男性陣が怯えたようにこちらを見、即座に目を逸らす。こけしがジョッキを優しく置いて立ち去る。

しばらくして、肥後ちゃんはジョッキを手に取って、飲もうとして止め、わたしが促すとグビッと一口飲んで、大きく息を吐いてから言った。

「……今まで、そういうこと、言ってくれる人いなくてえ……」

「そうなんだ」

「だからあ、なんかあ、わたし頑張ろうってえ、すごい思ってええ」

肥後ちゃんがズルズル鼻水を垂らして言った。わたしのハンカチは既にずぶ濡れだった。

「わたしい、昔からあ、トロいせいでえ、すごい周りに迷惑かけててえ、イジメられたりもしててえ」

「うんうん」

わたしは彼女の感情の行方を見守る。

いい方向に行ってくれればいい。それで彼女が実際に行動を起こしてくれれば本当にいい。心からそう思う。肥後ちゃんは大きな音を立てて鼻水を啜り、

「ごめんなさい矢島さん、ごめんなさいい」

「謝ることなんてないよ、なんにも」

「わたしい、矢島さんにい、すごい迷惑かけててえ」

「こんなの何でもないから、ほんとに」

「でもお」

「迷惑なんかじゃないよ」

「でもお、モールでえ、トイレ出たらあ、矢島さん、ズボンにトイレットペーパーがすごい引っかかっててえ、言おうって思ってたけど、やっぱり言えなくてえ」

「は……え、なに?」

わたしは反射的にジーンズの後ろに手を伸ばす。パッチのすぐ上に、薄く安い紙の、柔らかいけどザラついた手触りがした。わたしは腰を浮かせて身を捩る。伸ばせば一メートル近くあるだろうか。ジーンズの上から出たトイレットペーパーが、つい今までお尻の下敷きになっていたせいでぺしゃんこになって、ソファの上でとぐろを巻いていた。

わたしはそれを掴んで引っ張る。意外にも奥の方、下着の内側にスルッと変な感触がして、ジーンズからトイレットペーパーが全て引き抜かれる。

「なにこれ……」

わたしはペーパーを掴んだまま、身体を元に戻して肥後ちゃんを見る。

肥後ちゃんはまたわたしのハンカチで顔をごしごし擦り、

「それえ、ずっと言おう言おうって思っててえ、でも言うタイミングがあ」

「待って。ひょっとしてわたし、これぶら下げてモールからここまできたってこと?」

「途中で何回もお、言うチャンス逃してえ」

「あとさ、モールでトイレって、着いてすぐだよね?」

「試着したら絶対気付くと思ってえ、でもなんかあ、シャツしか買わないからあ」

「そ……」

言葉が出なくなった。

わたしはお尻からトイレットペーパーを垂らして、混雑するモールを歩き回り、そこそこ混雑する電車を乗り継ぎ、あまり混雑していない駅を降り、ワサワサと低く広く生い茂った街路樹を抜け、ここまで歩いてきたのだ。

頭に血が上っているのが分かる。もっと若かったら叫び出していたかもしれない。

視界の隅にこけしが見えてわたしは彼女に視線を向ける。こけしはテキパキと無駄のない動作で、空いているテーブルを拭いていた。

斜め向かいの男性陣を見る。顔を寄せ合って話し込んでいるが、そのうち一番小柄な一人がこちらをチラチラと見ている。

最初から気付いていたのか、あるいは今さっきのわたしの動きで気付いたのか。

分からないし、確かめるつもりも当然ない。

そうやって見たり考えたりしている間に少し落ち着いてきて、わたしはソファに座り直している。前に進んだ。それは間違いない。たまたまそれがわたしにとって不都合だっただけだ。

目の前の肥後ちゃんは、またわたしのハンカチで顔を擦っていた。彼女はいい方向に向かっている。前に進んだ。それは間違いない。

ペーパーをくしゃくしゃに丸め、大きく深呼吸する。

これは喜ぶべきことだ。ここでわたしが怒ると、彼女にとって大きな一歩、最初の一歩をくじくことになるのだ。

わたしはもう一度深呼吸して、言った。

「すごいじゃん、ちゃんと自分でできたよ肥後ちゃん」

「う、う、でも、矢島さんにはあ」

「全然平気だよ。気にしてないから」

「そ、そうなんですかあ」

「うん、肥後ちゃんが成長してることの方が嬉しいよ。この調子でグイグイ進んでみたらいいんじゃないかな」

「えっ、だけどお」

「勢いって大事だから。わたし煙草(たばこ)、酔った勢いで『やめる!』ってゼミのみんなに言っちゃって、でもそれきっかけで本当にやめられた。もう一年ちょっとになる」

「じゃ、じゃあ」

「やっちゃえやっちゃえ」

「あの、実は、付けまつげがあ」

「え、肥後ちゃん、それツケマなの?」

「いや、その、矢島さんの付けまつげ、ずっと取れてて、ほっぺたに……」

「……」

わたしは指で顔を撫(な)でた。

右頰(みぎほほ)。何も感じない。

左頰。ちくりと指先に硬いものが触れる。指で摘み、目の前に持ってくる。

黒く小さな、ムカデのような付けまつげが、親指と人差し指の間でぐったりしていた。

「……これは、いつから、取れてたのかな」

わたしは訊く。顔が自然と俯きがちになる。と同時に口の端が勝手に上がる。

引き攣(つ)っているのだ。

「た、たぶん、電車乗り換えた時に、矢島さん急ごうって言って、わたしたち走ったじゃないですかあ、それで……」

「ふーん、そうなんだ」

わたしはあくまでもさりげなく、右目に手をやってゆっくりと、ちゃんと付いている方の付けまつげを剝がした。目蓋が引っ張られて痛かったが、そんなことはどうでもよかった。

わたしは片方だけ付けまつげを付け、ほっぺたに黒いムカデを這わせたまま、ここでずっとご飯を食べて肥後ちゃんに偉そうにアドバイスしていたのだ。これに関しては、こけしも、男性陣も、みんな気付いていただろう。その滑稽さを思えば目蓋が痛いくらい何だと言うのだ。

二つの付けまつげをペーパーナプキンで包んで丸める。

「捨てちゃうんですかあ、似合ってたのに」

「………」

「あれ、こうして見るとお、意外と地味なんですね、矢島さんて」

「肥後ちゃん」

わたしはナプキンを握り潰した。

「他にはもう、ない?」

「な、何がですか」

ズズズ、と肥後ちゃんは鼻を啜った。

「わたしに言った方がいいけど言えてないことだよ」

「ええー、じゃあー」

まだあるんだ、とわたしは思った。このうえに何があるというのだろう。

肥後ちゃんは今更のように言いづらそうにしている。

わたしは溜息(ためいき)を吐いて、

「もう何があったって驚かないよ」

「うーん、でもお」

「いやいやいやいや……この流れで言わないとかナシでしょ」

わたしの口から笑いが漏れた。苛立(いらだ)ちと自棄(じき)と、あとは何の笑いなのか分からない。

「言うまで帰らないよ。粘(ねば)る」

「えー、でも」

「どうせ夜型だから朝まで起きてるんでしょ」

「ま、まあ、そうですけど」

「わたしの、どこが、どうなってるのかな」

「ええー……」

「こういうのはさ、流れっていうか勢いでサクッと言った方がいいよ」

「あ、頭にカブトムシが乗ってます」

「は？　今そういうよく分からない笑いは求めてないから」

「い、いえ、ほんとに」

「え？」

「矢島さんの頭の上に、カブトムシが、ずっと乗ってるんですよ。たぶん駅出たとこの街路樹通った時に枝がバサッてなってたから、その時に」

わたしの全身が総毛立つ。瞬間、カリッと頭皮を引っ掻かれた。

頭の上に何かがいて、かすかに動きながら、しがみついている。

不快感と嫌悪感で身体がカチカチになりながら、わたしは口を動かした。

「……虫がいるの？　わたしの頭の上に」

「それ、ツノ結構大きいから高く売れるんじゃないですか、よく、分かんないですけど」

「知ってて、ずっと黙ってたの？」

「いやあ、あの、ど、どうしようかなあって思ったんですけど、なんか結構見慣れてきたっていうか、む、むしろ、カワイイんじゃないかなあって、だんだん……」

「ふざけんなよ、お前っ」

わたしは両手でテーブルを叩いた。コーヒーカップとジョッキがそこそこ派手な音を立てる。

肥後ちゃんは大袈裟に跳ねて、わたしから身体を遠ざけた。

「頭に虫が乗っててカワイイとかあるわけないじゃん。すぐ言えよそんなのっ」

「だ、だから今」

「遅いよ今更何言ってんだよこの、デ」

彼女に対して言ってはいけないことを寸前で飲み込んで、わたしはテーブルに身を乗り出して彼女に頭を突き出す。

「取って、すぐ」

肥後ちゃんはブルブル全身を震わせ、

「む、無理ですわたし虫ダメなんです、小学校の運動会でえ」

「うるさい。取って」

「矢島さんが、自分で取ればいいじゃないですか」

「この流れでお前……」

「ふ、普通、気付きますよね」

「どんな普通だよ。お前トロい以前に問題ありすぎだわマジで。全部あとでまとめて言ってやるからとりあえず取って。取れ。早く」

「う、う、やっぱりわたしのこと、デブとかあ」

「それはまだ言ってないよっ。いいから取れっ」

「お客様申し訳ございません」

聞き覚えのある機械的な声がした。

こけしだった。いつの間にかすぐ側(そば)にいて、無表情でわたしを見ている。

「大変申し訳ございません」

「じゃあ、わたしの頭の上のこれ、取ってくれませんか？ 他のお客様もいらっしゃいますので、お声のトーンを――」

わたしは自分の頭頂部を指し示す。

「乗ってるんでしょ、カブトムシが」

こけしは片眉をぴくりと動かして、視線をわずかに逸らした。

「カブトムシ、ですか」

「いますよね頭の上に。ていうか最初から気付いてましたよね絶対」

「いえ——ビタ一文」

「嘘（うそ）つけそれ絶対気付いてるじゃん。なんだよビタ一文って普通言わないよそんなのっ」

　わたしはこけしの華奢（きゃしゃ）な両肩を摑んで顔を近づけ、できるだけ「声のトーン」を落とし、

「取ってよ、わたし虫全然触れないの。見えてるんなら取って」

「いえ、カブトムシなど、ゆめゆめ——」

「ゆめゆめ？　ふざけてんの？　っていうか」

　自然と声が大きくなっていく。

「あんた、仕事してるふりしてこれ面白いとか思ってたんだろ？　裏で他の店員と笑ってたんだろ、ねえ」

「そんな、面白いなんて」

　こけしの片眉と唇がピクピクと痙攣（けいれん）している。

「他のお客様のご迷惑にならない範囲であれば、自由なファッションで——」

「ファッションなわけないだろこれがっ。やっぱり気付いてたんじゃないか」

「てっきりそういうクリップかと」

「もう何でもいいから取って。ねえ、取ってよ」

　わたしはいつの間にかこけしの肩をガクガク揺すっている。彼女はおかっぱ頭をバサバサ揺らして、絵に描いたように申し訳なさそうな顔で、

「申し訳ありません。わたしも虫はてんから」

「てんから？」

「いえ、完膚なきまでに苦手でございまして」

「絶対バカにしてるよねその言い方。いいよもう取ってくれたら何でも」

「ですから虫は」

こけしは顔ごとわたしから逸らして首を振る。ガクガク揺れる頭の向こうで、男性陣が露骨にこちらを窺っているのが見えた。

わたしはこけしの肩から手を離し、

「すいませんけど、これ」

男性陣はビクッとなって身を寄せ合った。三人とも口が半笑いになっている。

「もうわたしが何言うか分かりますよね」

こけしを押しのけ、彼らのテーブルに三歩で歩み寄って、わたしは、

「この頭の上の――」

瞬間、頭頂部を激しく引っ掻かれて、

「カ、うぐ」

わたしは無様にのけぞってしまう。男性陣が一斉にガクッと身体を丸めてテーブルに突っ伏した。全員がヒクヒクと身体を痙攣させている。

「お前ら……」

わたしは彼らのテーブルに手をかけて、頭を差し出した。

「もう何でもいいから取って。お願いします」

声は震えていて、自然と涙が出ていた。

三人は顔を見合わせ、わたしの頭の上を見て戸惑っていたが、一番小柄な一人が、

「あの、取る前に、写真、撮ってもいいですか」

と、大きな一眼レフを取り出した。

わたしが絶句していると、白髪の多い一人が、

「いやそれはマズいよ、取ってあげようよ」

「や、でも」

二人が言い合っていると、残ったメガネが場を制するように、

「と、とりあえずこの場は、救助を最優先しましょ、ね」

「でも」

「そうだよ、もったいないのは分かるんだけど、状況的にね」

不満そうな小柄と、微妙に失礼な白髪を窺いながら、メガネはポケットから慌ただしくスマホを取り出して、

「それにほら、さっきアイフォンで撮ったので十分――」

「盗撮してんじゃねえよお前っ」

わたしはメガネのねずみ色のTシャツを両手で摑む。布地は汗でじっとり湿っていて不快だったけど構わず引き寄せ、

「消して、今すぐ」

「は、はい」

震える指でたどたどしくスマホを操作するメガネを見守りつつ、わたしは、

「そっちの白髪はカブトムシ取って」

「は、はあ」

白髪はわたしの頭の上に手をやり、

「よし、捕まえた」

「いででで、ちょっと」

「申し訳ない、髪の毛にがっしり摑まってて」

「カブトムシって爪が鋭いから」

「小さいのは黙ってて」

「せーの、よっ」

「痛いっ」

ぶちぶち、と音というより感触が頭皮から伝わってわたしの目からまた涙が出る。

白髪が子供のような顔でわたしの目の前に黒い塊を差し出し、

「大物ですよほら、この辺にもこんなのいるんですね」

「近付けないで」

わたしはメガネから手を離して白髪の腕を摑む。白髪の手では大きなカブトムシが角を振り回し、わたしの髪の毛がいっぱい絡んだ手足をバタつかせてもがいていた。

「こんなん乗っけて今まで――」

「や、でもそれって持ってる人しかできないんで」

「それもバラエティ的な才能っていうか」

「要らないよそんな才能。カブトムシも。あげる。あげます」

小柄とメガネを黙らせ、白髪に「どうも」と最低限のお礼を言って、席に戻ろうと振り返る。誰もいないテーブルに気付いて、わたしは周囲を見渡す。

こけしはいつの間にかいなくなっていた。

店の奥から、肥後ちゃんが大きな身体をぎくしゃくさせて歩いてきた。こころなしか顔が青い。わたしは席について彼女の帰りを待つ。

肥後ちゃんは腹が立つくらいゆっくりと歩き、テーブルの前で止まった。わたしは皮肉を隠さずに言う。

「取れたよ——まさかと思うけど、この状況でのうのうとトイレ行ってたんじゃないよね」

肥後ちゃんは青く大きな顔を硬直させ、かすかな声で答えた。

「行ってました」

「ちょっと。これもうトロいとか遅いとかの問題じゃないよ」

「いや、あのう」

「もういい。帰ろう。話す気分じゃない」

わたしはカバンを摑んで立ち上がり、透明なアクリルの筒から伝票を引き抜いた。

「あの、矢島さん」

振り返ると、肥後ちゃんはしばらく突っ立って、やがてゆっくりと腰を落とし、ソファに座った。縋(すが)るような上目遣いでわたしを見る。

「何なの。まだ何か食べたいの」

酷いことを言ったな、とは微塵も思わず、わたしは彼女を見下ろす。

「いいえ」

「じゃ帰ろうよ」

「あの、そ、相談があるんです」

「今の今までやってたじゃん。何なのほんと」

わたしがそう言うと、肥後ちゃんは大きく息を吐いて、

「わたし、すごい、言ったりやったりするの遅くて」

「知ってる」

「は、はい、それで、あの」

肥後ちゃんはパンパンに張った顔を歪めて黙り、震える口で、

「一番その、相談したかったのは、こ、子供できて、結婚とか無理だから堕ろさなきゃって思っても、病院行けなくて」

「え、なに、肥後ちゃん妊娠してんの？」

肥後ちゃんは大きくうなずく。わたしは反射的に向かいのソファに座り、肥後ちゃんを覗き込む。大きな顔は更に青ざめていて、こめかみには汗が浮かんでいた。

「ちょっと、じゃビールとかダメなんじゃないの。ヤバイよそれは」

「で、でも、喉が渇いて」

「いや、あのね……相手は彼氏さん？」

「ま、まあ、はい」

「そっか。いま何ヶ月くらい？」

肥後ちゃんは答えずに俯いた。

「大体でいいよ。場合によってはその、間に合うかもしれないし」

わたしは遠回しに言う。望まない妊娠なのは話の内容から分かるが、体格が体格なので外見からは何ヶ月くらいなのか全く分からなかった。怒りや恥ずかしさはいつの間にかどっちらけになっていて、わたしは相談を受けた当初のテンションで言う。

「別に恥ずかしいことじゃないよ。今この瞬間にこの場で言うことが絶対ベストでしょ」

「あっ、あの」

肥後ちゃんは振り絞るような声でそう言い、一度歯を食いしばってから、

「じゅ、じゅっかげ……」

「え」

「さっきその……トイレで破水して」

「バカじゃないのお前っ」

瞬間的に立ち上がって、

「とりあえずそこ寝ろ、座ってる場合じゃないよ」

「う、でも何かお腹(なか)痛くて」

「何かじゃないよ陣痛だよっ、いいから寝ろっ」

突き飛ばさないギリギリの力で肥後ちゃんをソファに押し倒し、店内を見渡す。

こけしがスタスタと歩み寄りながら、細い目を若干見開き、

「お客様、いかがなさいましたか」

わたしは横になっている肥後ちゃんを手で示し、

「あの、この子がその――産気づいたみたいで、救急車を」

「産気」

こけしの片眉が動く。

「ほんとです。わたしが言うとふざけてる感じに聞こえると思うけどほんとなんです。だから」

「うう……ふしゅー」

肥後ちゃんがお腹を押さえて苦しそうに息を吐く。

表情の乏しいこけしの顔に緊張が走った。

「お待ちください」

こけしはきびすを返して、小走りで奥に引っ込んだ。

四

総合病院の廊下にオギャアオギャアと声が響いた。

無意識に大きな溜息が出る。わたしはベンチに凭(もた)れた。お医者さんが出てきて「女の子ですよ」とわたしに告げた。

お礼を言って帰ろうとすると「こちらにどうぞ」と言われてわたしは驚く。親族家族以外は入ってはいけないと思っていたからだ。

　お医者さん曰(いわ)く、肥後ちゃんがわたしに来てほしいと言っているそうで、だったらまあ、とわたしは彼女のいる部屋に入った。家族と疎遠なのかもしれない。救急車で運ばれている間、肥後ちゃんに番号を聞いて彼女の実家に何度か電話したけれど、一度も繋がらなかった。

　肥後ちゃんはぐったりしていた。胸の上にタオルでくるまれた赤ちゃんを抱いている。

　肥後ちゃんの大きな顔は疲れ切っていたけれど、どこか幸せそうで、それも今までの彼女が見せたことのない愛情に満ちた表情で、こんなに変わるんだな、とわたしは思う。タオルの奥で縮こまっている赤ん坊を覗き込む。

　赤くてしわくちゃで猿みたいだった。母親には全然似ていなかった。

「無事でよかったね。親も赤ちゃんも」

　わたしが言うと、肥後ちゃんは今わたしに気付いたようにハッとして、

「そうですね。すごい、怖かったけど」

　と、大きな息を吐いた。

　言いたいことはいっぱいあった。

　でも、肥後ちゃんの弛(ゆる)み切った顔と、ふやけた顔で眠っている赤ちゃんを見ていると、何だかどうでもよくなっていた。

　時刻は深夜二時を回っていた。

　お医者さんが言うには、肥後ちゃんの体調も赤ちゃんの体調も、万全とはいい難(がた)いらしく、しばらく入院が必要らしい。肥後ちゃんはバイトを気にしていたが、大事なのはそこじゃない

と諭して、わたしは彼女に言う。

「今やんなきゃいけないことは？」

「うーん、えと、健康回復」

肥後ちゃんは子供を抱いたまま言う。わたしはうなずいて、

「それから？」

「実家に連絡してー、あとは、携帯取りに行って……」

「彼氏には連絡しなくていいの？」

「そう、ですね……あと、お部屋の掃除も。散らかってるし、この子もいるし」

「偉いねえ。ちゃんとできるといいね」

わたしはできるかぎり彼女をサポートすることを約束する。彼女のためというより赤ちゃんのためだ。

「そうだ、携帯取りに行ってあげるよ」

「いや、それは……」

「いいって。あと家の掃除もしようか」

「ダ、ダメです、そこまでやってもらっちゃ」

「いいの。出産祝い、あんま出せないから」

「ほんといいですそんな。わたし……」

「整理整頓とか好きなんだよわたしは。それに」

わたしは眠っている赤ん坊を覗き込んで、

「健康もそうだけど、一番先にやらなきゃいけないのは、その子の名前を決めることだよ」

肥後ちゃんは疲れ切った顔をハッとさせ、赤ちゃんの小さな頭を撫でる。

「名前……」

「そうだよ、これ先送りは絶対ナシでしょ」

「ですね……決められるかなあ」

困っているような、少し嬉しいような肥後ちゃんの顔を見て、わたしはちょっと安心して、ようやく自分が疲れていて眠いことに気付いた。

今日はもう帰ろう。明日の講義は午後からでよかった。

五

くすんだ玄関の扉を、肥後ちゃんから借りてきた合鍵で開け、わたしは「やっぱり」と思って溜息を吐いた。

彼女が赤ん坊を産んで二日。水曜日の午後五時。

ワンルームの部屋は案の定、床もベッドの上も、びっくりするほど散らかっていた。

下駄箱の上にDMやチラシが乱雑に放置されている。パンパンのゴミ袋が部屋中に置いてある。服も、雑誌も、その他もろもろも。

肥後ちゃんのことだ。明日は捨てよう、明日こそ洗濯しよう、畳んで仕舞おう、そう思って結局、今の今までそのままになっているのだろう。驚きこそしなかったけど、これを片付けるのは一苦労だ。自分で言った手前、投げ出すわけにはいかない。

近所の目を気にしつつゴミ袋を近所のゴミ捨て場に捨て、床に放置されている服をとりあえず空いたスペースに追いやり、雑誌をまとめて縛る。

六時半になって喉が渇いたので、近所のコンビニで買ったお茶を飲んで、わたしは部屋の中央に座る。次は服を洗うものと畳むものに分けようか。でも、そもそもタンスや衣装ケースはどこだろう。

開けっ放しの小さなクローゼットも物で溢(あふ)れていて、わたしはとりあえず中身を出そうと立ち上がる。

くしゃくしゃの紙袋を引っ張り出して、一番大きなものにまとめて突っ込み、段ボールを潰してどけると、ようやく半透明の衣装ケースが見えた。

そのケースの上に、黒くて四角く、分厚い袋が載っていた。

手に取って埃(ほこり)を払う。軽くむせながら目をやると、袋には見慣れないロゴが正面にプリントされていた。

《RENTAL SHOP SMASH! SINCE 1993》

わたしは袋を開けた。

今では滅多に目にすることもなくなった、VHSがパンパンに詰まっていた。

一本ずつ引き抜いてラベルを見る。二色刷りで映画のロゴがプリントされている。『バック・トゥ・ザ・フューチャーPART2』『ショーシャンクの空に』『シャイン』『スピード』。明るいハリウッド大作、感動映画が二本、それとアクション。

茶色くなったレシートが内側の透明な仕切りに挟まっている。

《返却期限　二〇〇八年七月二十六日（土）
レンタルショップ・スマッシュ！　伊南町店
二〇〇八年七月十九日（土）　十九時三十七分》

テープを袋に入れ直してベッドに投げる。今の今まで、こういうものが存在する可能性に気付かなかった自分に呆れながら、わたしはベッドに座り込んだ。

このまま掃除を続ければ、また別の店のビデオやＤＶＤが見つかるかもしれない。十五年も借りっぱなしのものがあるのだ。あっても全然おかしくない。むしろあって当然だ。

肥後ちゃんは全部を打ち明けたわけではなかった。問い詰めればもっと脱力するような案件がゾロゾロ出てくるだろう。

きっと借金だってあるに違いない。それも絶対、雪だるま式の多重債務だ。決めてかかるのはよくないけど、想定は、覚悟はしておくべきだろう。

気が付くとワンルームはかなり暗くなっていて、わたしは電気を点ける。壁の時計は午後七時を回っていた。

外はまだ真っ暗というほどではないだろう、とベランダのガラス扉を見やって、わたしは思わず硬直する。

ベランダの手すりに、宵闇より更に黒いカラスが、何羽も並んで止まっていた。

カラスたちは特にわたしの方を見ているわけではなく、順ぐりに首を振っては軽く羽ばたき、手すりから飛び降りる。

カラスたちはベランダに置いてある、古い大きな、白いクーラーボックスに舞い降りる。次々に爪でフタを引っ掻き、クチバシで突っついている。ガツガツ、という曇った音がガラス越しに、室内にまで聞こえた。

カラスたちの出す音に紛れて、小さな声が耳に届いた。言葉になっていない弱々しい声。不意にスマホが鳴って、わたしは「ひっ」と声を上げてしまう。爆音で鳴り響くプリセット「黒電話」の音に、わたしだけでなくカラスも驚き、バサバサとけたたましく飛び去っていく。

カバンを探り当ててスマホを取り出して画面を確認する。

知らない番号だ。

通話モードにして耳に当てると、「ひ、肥後ですけど」と乾いた声がした。病院の電話からかけているらしい。

「どうしたの」

わたしはできるだけ冷静に訊く。

「あの、相談したいことがあって……」

「何かな?」

わたしはベランダを見る。夜の闇に白いクーラーボックスがぼんやり浮かんでいる。若干の沈黙の後、「えーと」と声がして、

「こ、子供の名前なんですけど」

「名前？」

わたしはベランダの鍵を開け、ゆっくりとガラス扉を開ける。

「ふ、二つに絞ったんですけど、どっちがいいかなって」

「そうなんだ」

サンダルを探すけど見当たらない。あきらめて靴下のままベランダに出たところで、何かに躓（つまず）いてカコンと音がする。目を凝らすとベランダの床に灰と吸い殻が散らばっていた。彼氏のだろうか。

「何と何に絞ったの？」

「あの、えーと」

クーラーボックスの前にしゃがむ。ほんのかすかに異臭がする。

毎日のようにカラスが来ているのだろう。フタの表面は傷だらけだった。

「絞ったんじゃないの」

わたしは留め金に手を伸ばす。留め金に指が触れる。

「その──七海（ななみ）か菜々（なな）かどっちがいいかなって」

「肥後ちゃん、あのさ」

「えっ？」

「言った方がいいけど言えてないこと、言いなよ。わたしにじゃなくて──」

声が震えるのをこらえて、留め金を外した。

「──警察とか、お医者さんとかに」

フタに手をかける。開けられない。確かめるべきなのに、確かめたくない。

「矢島さん」

スマホの向こうで肥後ちゃんが言う。

わたしはクーラーボックスの前で想像してしまう。臆測してしまう。

この中には六人いて、肥後ちゃんがおととい産んだのはきっと七人目なのだ。

聞こえるはずのない泣き声が幾つも重なって、クーラーボックスの隙間から漏れ聞こえた。

# 深夜長距離バス

深夜の長距離バスに乗らなくなって随分経つ。若い頃はよく利用していたのに——相手にもよるが、そう言うと大抵「ですよね、あんなのに乗れるの、若いうちだけですよ」「年取ったらキツいもんね、身体バキバキになっちゃう」などと勝手に納得してくれる。いつしかその話は平和に終わり、次の話題に移行する。

確かにあれに耐えられるのは肉体的にも精神的にも、若い時だけかもしれない。中高年の利用者を全く見たことがないわけではないが、数は少ない印象がある。

長距離バスは基本的に狭い。混んでいる時は隣席はもちろん、前の席にも後ろの席にも気を遣う。シートを倒し、足置きを展開したところで自由に身体を伸ばすことは叶わず、ネックピローを使っても首や肩は凝ってしまう。見知らぬ同乗者たちの立てる音も気になる。衣擦れ、イヤホンからの音漏れ、鼾。クスクス笑い声を漏らす客と何度か乗り合わせたことがあるが、きっとラジオでも聴いていたのだろう。それ以外の可能性はあまり考えたくない。

においも当然気になる。汗臭い奴、脂臭い奴も嫌だが、安っぽい香水のにおいも堪ったものではない。一度、乗り合わせた女性客の甘ったるい香水のにおいがあまりにも強烈で、道中ずっと胸がむかむかして難儀したことがある。マナーの悪い客もやはりいて、前の席の男性客が座るなりシートを一気に倒してきたことがある。私は顔面をシートにぶつけて痛い思いをしたが、彼は「ごめんごめん、たいしたことないやろ？」で済ませた。彼はその後すぐ寝入ってずっと高鼾をかき、私は到着まで一睡もできなかった。

かように快適さとは縁遠い移動手段を何故選ぶかといえば、とにかく安いからだ。席と席の間を広く取ったバス、カプセルのようなシートを備えたバスもあるようだが、それらの運賃は電車と大差ない。目的地によるとはいえ、わざわざ利用する意義は薄いように感じる。

金はないが丈夫な若者の移動手段。深夜の長距離バスをそう認識している人間は多い。だから前述したとおり、今は乗れないと言うとほぼ百パーセント「ですよね」「若いうちだけですよね」といった反応をされる。そして私は事実を話す機会を逸する。

私の場合は、加齢の所為ではない。

最後に深夜の長距離バスに乗ったのは、まだ関西の実家に住んでいた二十二歳の時だ。東京にある企業の、新卒採用面接を受けるためだった。

スーツ一式と小ぶりなビジネスバッグを抱え、それ以外の荷物はリュックに詰め込み、私はＪＲ大阪駅からほど近い発着場所で、バスに乗り込んだ。午後九時かそのくらいで、辺りはもちろん真っ暗だった。就職活動で何度も利用したことがあり、その時にはすっかり長距離バスに慣れていた。

厳密に確かめたわけではないが、満席だったと思う。私は前から四列目の、窓際の席だった。隣席は痩せた同世代くらいの男で、テキパキと寝支度をしていた。私よりずっと乗り慣れているようだった。

後ろの席は肥満体の男性で、両方の手の甲にタトゥーが入っていた。おまけに酒臭く目が据わっていた。怖じ気づきはしたが思い切ってシートを倒していいか訊ねると、彼は「あっ、どうぞどうぞ」と想定外の低姿勢で答えた。見た目で人を判断していた自分を戒めつつ、私は妙な安堵を覚えていた。面接も上手くいくような気さえしていた。

バスは予定どおりの時刻に発車した。予定どおりの時刻に高速道路に入り、予定どおりの時刻に消灯した。眠気が一切来なかったので、私は締め切ったカーテンの隙間に鼻先を突っ込み、高速道路の退屈な車窓を眺めていた。

サービスエリアで一度目の休憩を取って、バスは再び走り出した。

真っ暗な車内。頭の中で面接の想定問答(もんどう)をしているうち、眠気がやってきた。腕を組んでシートにもたれ、目を閉じる。一瞬、意識が途切れる。よしよし、眠れそうだぞ——と思ったところで、話し声が聞こえた。

喋(しゃべ)っているのは分かるが、聞き取れない。声は高く早口で、テープの早回しのようでも、鳥の囀(さえず)りのようでもある。くくく、と笑い声が交じる。二人、いや三人くらいが話しているらしい。友達同士の旅行だろうか。

眠気が少しばかり薄れた。苛立(いらだ)ちの溜息(ためいき)が出そうになったその時、前の方で「うえぇっほんっ！　ああー！」と、大きな咳払(せきばら)いが聞こえた。大きく、わざとらしく、明らかにお喋りを注意するための咳だった。

ぴたりとお喋りが止まった。

安堵の空気が、暗いバスの中を漂った気がした。

苛立ちがどこかへ行ってしまっていることに気付いて、私は再びシートに身体を預けた。

うつらうつらしていると、またお喋りが聞こえた。

さっきより近い。どちらかといえば男性らしい、低い声だった。今回も三人ほどで、小声で話し合っている。そして笑い合っている。クスクス、ククク。

うるさいなあ。

そう思ったのと同時に、隣席の男性が「ちっ」と舌打ちした。聞こえよがしに溜息を吐いて、ゴソゴソと物音を立てる。どうやらヘッドホンか、イヤホンを装着したらしい。ややあって、シャリシャリと微かに音楽が漏れ聞こえ始めた。

舌打ちが届いたのか、お喋りが止んでいた。隣席の音漏れは絶え間なく聞こえていたが、こちらは騒音だと感じなかったので、私はまた寝ようとした。

だが。

その後もお喋りは散発的に、どこかしらから聞こえた。そして周囲の遠回しな注意——大抵は咳払い——で止まった。

喋る客にはそれまで何度も乗り合わせたことがあったが、大抵は一つのグループで、こうしてあちこちで誰かが話し出すのは初めてのことだった。こんなこともあるのか、と私は思った。偶然お喋りなグループが何組も集まった、あるいは何となく「喋っていい」「喋りたい」と思える空気が漂っている、自分は一人だからそれを感じ取れないだけで、もし友人知人と乗っていたら話しかけていたかもしれない——。

どんよりした熱っぽさが、額と胸の辺りに溜まっていた。眠いのに眠れないせいだろう。今度誰かが喋ったら、自分が注意してみようか。咳払いが妥当だろう。そこまで考えたところで、バスが減速した。

二度目の休憩時間だった。意識すると尿意を覚えた。バスが更に減速し、何度かカーブし、停車する。エンジンが止まり、出入り口が開く。

降りるのは、他の乗客がみんなバスを出てからにしよう。そう思って座ったまま待っていたが、誰も降りる様子はなかった。立ち上がる気配も、物音もしない。隣席からはシャリシャリと音漏れがする。みんな寝ているのだろうか。あり得なくはないが、珍しいことだ。

と、車内の照明が灯(とも)った。何気なく隣に目を向けて、私は息を呑(の)んだ。

隣席に座っているのは、人ではなかった。

木材を大雑把に彫って組み合わせた、辛うじて人の形をしている人形だった。目も鼻も口もなければ、関節も指もない、最も原始的なタイプの人形だった。胴体や手足に当たる部分には、黒と青のペンキが塗られていた。服を表現しているらしいが大半は剝がれており、ささくれだった木の肌が見えている。

人形は黒い大きなヘッドホンを付けていた。シャリシャリと音が漏れていた。コードは太股に相当する部分に置かれた、ボディバッグの中から延びている。

私は自分の見たものが信じられず、まじまじと人形を見つめた。しばらくして車内の沈黙に気付き、そっと腰を浮かす。

車内を見回した時、「え」と声が出た。

どの席にも隣席と似た、木製の人形が座っていた。もちろんどれ一つとして喋らず、微動だにしない。タオルケットを被(かぶ)っている人形も、ネックピローを付けている人形もあった。

ガサ、と音がして私は振り向いた。

後ろの肥満体の客が、真っ青な顔で震えていた。タトゥーのある両手を口元に拝むように組んで、脂汗を垂らして私を見上げていた。

その隣にはボロボロに朽ちた人形が、辛うじて均衡を保って座っていた。木屑がシートに積もり、幾つもの裂け目が微かに蠢いている。白い芋虫が何匹も、いや何十匹も、身を寄せ合って身体をくねらせていた。プチプチとわずかに聞こえるのは、芋虫たちが木を食む音だろう。

男性客に声をかけようとしたその時、出入り口の階段を踏む音がした。

外に出ていた、バスの添乗員だった。弛んだ頰の中年男性で、倦み疲れた顔で席を順に指差し、確認を取っている。当たり前のように、流れ作業で。

「あのう」

私は思い切って、声をかけた。

「こ、これ、どないなってるんですか」

だが添乗員は全く反応せず、うんざりした表情で前の方に向かい、運転手に声をかけた。ブルルン、とバスが揺れる。ぷしゅう、とドアが閉まる。待ってくれ、と言おうとしたその時、照明が消えた。そしてバスは勢いよく走り出した。

私はシートに尻餅を付いた。声を上げようとして、カーテンの隙間に目が向いた。

外は真っ暗だった。

サービスエリアは影も形もなく、もちろん人もいない。車も停まっていない。バスのライトで辛うじて見えたのは、半壊した木造家屋らしきものと、無造作に積まれた木材。

バスはやけに大きな、傾いた鳥居をくぐった。そして山道を進んで、高速に出た。東京に向かっている。照明が消えてから五分とかかっていなかっただろうが、私には一時間にも二時間にも感じられた。運転手や添乗員に声をかけることも、後ろの客に話しかけることもできなかった。

車内のあちこちから、喋る声が聞こえていたからだ。

前方で喋ってはクスクス、後方で喋ってはフフフ、聞こえては途絶え、途絶えてはまた聞こえる。相変わらず会話の内容は理解できない。だが楽しそうなことだけは分かった。

ふーっ、ふーっ、と背後で苦しげな呼吸音が聞こえた。肥満体の、タトゥーの彼が怯（おび）えているのだと分かったが、どうすることもできなかった。私もまた恐怖していた。震えが止まらなくなっていた。シートで耳を押さえて縮こまって、ただ時が過ぎるのを待った。


ＪＲ新宿駅西口から少し離れたオフィス街の一角にバスが止まったのは、予定どおり午前七時だった。添乗員のマニュアルどおりのアナウンスを耳にして、私は恐る恐る顔を上げた。

乗客は皆、元に戻っていた。皆眠そうな顔で立ち上がり、出入り口に向かっていた。

後ろの客はいなくなっていた。

新たな悪寒（おかん）が全身を襲い、私は他の客を押し退（の）けるようにして、バスを飛び出した。

それから面接まで、どうやって時間を潰（つぶ）したのか覚えていない。面接自体もあまり記憶にない。覚えているのは面接官が、「どうしたの？　顔色が悪いけど」「お医者さんに行ってみたら？」と本気で私を心配してくれていたことだ。よほど蒼白（そうはく）になっていたか、冷や汗まみれだったのだろう。

結果は不採用だった。

帰りは迷わず新幹線にした。

# 内見

「如何ですか、こちらの物件。ご希望には沿ってると思うんですけど」

「うーん、確かに『基本寝るだけ』とは言いましたけど、ここまで古いのは、ちょっと……あと、言い忘れてたんですけどロフトはＮＧです。すぐ使わなくなるから必要ないって、友達から聞いたんです。特に天窓があるタイプは絶対」

「ああ、まあ、そういう方もいらっしゃいますね。暑いから寝られないって。物置にしちゃう」

「安いのは有り難いんですけどね。駅からこの距離で五万切るって、普通有り得ないのも分かりま……ん、あれ何ですか？」

「どれです？」

「あの、ロフトの柵って言うんですか。傷みたいなのありますよね？　塗料が剥げてるのかな。引っ掻いたみたいな。ぐるっと何か巻き付けて、擦ったみたいな……」

「さあ。分かりませんね」

「何か引っかけたんですかね」

「どうでしょう。自分は何も訊いてませんね。この書類にも特に……この物件、お気に召さないんですよね？　次、行っちゃいますか。行きましょう」

「あ、はい。すみません、ちょっと待って……あ、スリッパどうします？」

「じゃあ、お手数ですが持っててもらえますか？　袋はこちらをお使いください」

「はい。あと、こっちのスリッパは？」

「え？　ああ、お使いでしたらどうぞ。お使いでなければ俺が回収しちゃいますよ」

「いえ……使わないです」

「なるほどですね、分かりました。では行きましょう」

※　※

「如何ですか」

「一階、かあ」

「ええ、でも広いですよね。庭もあるし、日当たりも悪くない。しかもほら、風呂トイレ別」

「分かります。分かりますよ、ここの良さは。でも……」

「やっぱり二階をご希望？　それはセキュリティ的なところで？」

「そうです。そこは母が絶対駄目だって。一階じゃオートロックでも意味ないって言うんですよ」

「あ、お母様が。そうなんですか？　……はは、なるほど」

「どうかされましたか」

「いえ、まあ、確かにセキュリティについては、そういう考え方もありますね」

「あと……」

「何でしょう」

「この押し入れ、なんで内側を真っ白に塗ってあるんですか？　ちょっと不自然ですよね。うん、すごく不自然」

「えーっと……特にこちらの書類には何も書いてないですねえ。あ、古くなったからですね。そう書いてあります」

「古くたって普通、塗ります？」

「さあ。それはオーナーさんそれぞれなので」

「そうですか……」

「行きましょうか」

「はい……」

※　※

「如何でしょう」

「いいですね。強いて言うなら部屋の形がちょっと変だけど、これ、角だから？」

「ええ。狭いとこに無理に建てたらこうなっちゃいました、ってことですね。台形というか、ほぼ三角形っていうか」

「ここの角っこ、物を置けそうで実は何にも置けませんよね。デッドスペース」

「まあ、角部屋のメリットと、デメリット、どっちを取るかってことですね。日当たりは最高です。音も気にしなくていい」

「ええ、ええ」

「ちょっと駅から遠いですが、だからこその月五万。さて如何でしょう」

「うーん……どうしよっかな。悩むなあ……あれ？　あれ？」

「どうなさいましたか」

「ここだけ床板、ベコベコですね」

「そうですか？　どれどれ。ああ、まあ」

「これは何ですか？」

「さあ……ちょっと分からないですね」

「…………」

「行きますか」

「はい」

※　※

「あの」

「何でしょう」

「わたしの払える家賃だと、もう事故物件しかないんですか？」

「と仰（おつしや）いますと？」

「とぼけないでください。今まで見てきたの、どれも事故物件ですよね？　何かよくないこと、あったんですよね？　自殺とか、事件とか、あと孤独死とか」

「いや……告知義務はもうないですし、そもそも事故物件の定義が」

「教えてください。お願いします」

「……………事故、としか」

「事件じゃない？」

「ええ。それは、はい。確実に」

「分かりました。ありがとうございます。次の物件もそうなんですか？」

「いえ、今度は違います。事件事故、過去に一切起こってません」

「本当ですか？」

「誓います。ただ、心理的瑕疵はあります」

「それって」

「まあ、着いたら説明しますよ」

※　※

「え、いや、何の問題もないですよ。むしろ最高じゃないですか。広いしキレイだし、二階だし、風呂トイレ別だし。外も中も趣味いいですね」

「ええ、はい。ですが……」

「隣がお墓ってとこですか？　全然。何の問題もないですよ。ほら言ったじゃないですか。寝に帰るだけだって」

「でしたね。よかった」

「いやあ、これ最初に教えてほしかったです。そしたら話が早かったのに。決めました。ここにします」

「ありがとうございます。では早速、社に戻って契約をさせていただいても」

「はい。よろしくお願いします」

「お母様もご不満はないですか？」

「え？」

「いいえ、ですからお母様に確認取らせていただいてるんです。お母様、こちらで問題ないですか？」

「あの……」

「お母様、どうでしょう。お子さんの意思を尊重されるのも、素敵だとは思いますけど」

「ちょっとすみません。何言ってるんですか？　それ、何の冗談ですか？」

「え？」

「え？」

「え？」

「だからすみません、お母様って誰のことですか？　わたし、ずっと一人ですけど」

「そっ、そっちこそ冗談は止(や)めてくださいよ。最初からずっといらっしゃるじゃないですか」

「は？」

「〝は？〟じゃないですって。今もそこにいらっしゃるじゃないですか。ほら。見えますよね。普通に」

「いや……いませんけど」

「いますよ」

「いません。誰もいません」

「いますって！　だから、だから最初の物件でスリッパだって用意したたし、話しかけたりもしたし」

「…………」

「でも、スリッパには見向きもしなかったし、ずっと黙ってて、身振りで『話しかけんな』みたいな……だから俺、そういう人だと」

「…………」

「むしろいいお袋さんだと思ったんですよ。こういう時に子供そっちのけで仕切りまくる親、おかしいと思ってたし。家賃払うのは親かもしんねえけど、子供の借りる家くらい子供に選ばせればいいじゃんって。だから受け入れたっていうか、それにほら、ずっとニコニコ、優しそうに、して、て……」

「……今も？」

「え？」

「今もニコニコしてるの？　その、女の人」

「ええ。はい。すげえニコニコしてます」

「そこ？　そこに立ってるの？」

「はい。痩せてて、黒い服着て、黒い手袋して、黒い……黒い帽子に、メッシュのカーテンみたいなのを、顔に」

「…………喪服じゃん。気付いてよ、おかしいって」

「そんな……」

「それにそれ、母さんじゃない。わたしの母さん、太ってるもん」

「知りませんって……あ、笑ってます。腹抱えてめちゃくちゃ楽しそうです。俺のことめっちゃ見てるし、あ、今お客さんを見ました。マジ嬉しそうです」

「やめてよ」

「ほんとです」

「やめてって。あと、〝最初からずっと〟って、どこから？」

「お客さんが弊社にいらした時からですよ」

「…………どうしたらいいの？」

「さあ……」

「まだ笑ってるの？」

「はい……アゴ外れそうなくらい口開けて、声も出さずに」

# 満員電車

満員電車に慣れるまで、それほど時間はかからなかった。あっという間だった気もする。

上京したばかりの頃はホームも電車内も、あまりの混雑にただただ驚くばかりだったが、新卒として社会人として慌ただしい日々を送っているうちに、いつしかその感情も遠くに流れ去っていた。

当初「満員というほどではないが混んでいる」「この時間でこんなに人が乗っているなんて、地元では考えられない」と感じていた帰りの電車も、次第にそう思わなくなった。むしろ空いているとさえ感じるようになった。座れたことは一度もないが、それを嫌だ、おかしいと思うこともなくなった。

行きも帰りも、毎日ほぼ同じ時刻の電車に乗るので、見知った顔も増えてくる。名前は知らない。勤務先も知らない。でも「髪を切ったんだな」「鞄を新調したんだな」と変化に気付くようになり、「指輪がなくなっているし瞼が腫れている。ということは別れたのか」と、しなくていい推理までするようになる。向こうもこちらの変化に気付いているらしい、と余計なことも考えるようになる。好きな車掌の声と、そうでもない車掌の声ができる。

とは言ったものの、楽しんでいるわけではない。わたしが慣れただけ、麻痺しただけで、電車通勤は快適からはほど遠いもので、乗り合わせた客たちはやっぱり何処の馬の骨かも分からない赤の他人で、そんな客たちと密室に詰め込まれて運ばれなければいけない。つまり異常だ。

身体を触られたり、密着されたり、スマホを覗き込まれたり、ホームでいきなりぶつかられたりした途端、その事実はあっさりと目の前に立ち現れる。慣れや麻痺で作り上げた薄皮を引き裂いて、わたしを打ちのめす。直接害を被らなくても同じ車両で酔っ払いが大声を上げたり、頭のおかしな人が延々と訳の分からないことを唱えたり、言い争いや摑み合いが始まったりして、それがわたしを苦しめる。

仕事で嫌なことがあった日の帰りの電車で嫌なことが重なると本当に心の底から最悪な気分になる。帰りたくもない田舎の方がマシな気さえしてくる。電車に揺られながら涙を堪えたことも一度や二度ではない。何でわたしが我慢しなきゃいけないの、とごくごく真っ当な正論を振りかざす力さえ、日々の仕事で削られて残っていない。電車から吐き出されたわたしはパンプスを引きずりながら帰宅して、化粧を落としてから力尽きる。ちょっと泣くこともある。

その日も仕事で嫌なことがいくつかあって、わたしはクサクサした気持ちで帰りの電車に乗った。頼むから嫌なことは起こってくれるなよと祈る気持ちと、こんな日に限ってどうせ起こるんだろうなという諦めの気持ち。両方を抱えたままわたしは吊革に摑まって揺られていた。

べた、ごろん、と耳慣れない音が背後からした。

振り返ると、足下に人が倒れていた。

おじさん、いやおばさんかもしれない。五十歳くらい。癖毛だかパーマだか分からない、もじゃもじゃの黒い髪。スーツのような違うような、茶色い上下を着ている。破れ目だらけの高島屋の紙袋が、手元に転がっている。

猿みたいな顔も、皺だらけの手も、絵の具の「はいいろ」くらいに灰色だった。目はぎゅっと閉じられ、出っ歯の口からやけに白い、キメ細かい泡を吹いていた。泡は頬を伝い、音もなく床に落ちる。

「え、え、大丈夫ですか？」

わたしは屈んで訊ねた。ふと思い出して「もしもーし！　聞こえますかー！」と大声で、耳元で呼びかける。大昔に何かで習った、人命救助で唯一覚えていることだった。

倒れている人はイヤリングをしていた。どうやら女性らしい。周りから人が離れていくのを足音と気配で察し、悲しい気持ちになりながら、わたしは声をかけ続けた。

彼女は答えなかった。灰色の顔をしかめたまま泡を吹くばかりだった。

どうしようと思っていると、「ちょっと失礼」と、よく通る声がした。狸のように目の周りが黒ずんだ、でっぷり太ったスーツ姿のおじさんが、わたしの側に屈んだ。密かに「タヌキ」と心の中で呼んでいる、ほぼ毎日乗り合わせる人だった。

タヌキは女性の首に手をやった。「弱ってますね」とわたしに声をかける。「そうですか」とも「でしょうね！」とも答えられず困っていると、近くにいた女性がタヌキに訊ねた。

「どうしたらいいですか？　何かできることは？」

顔と体形から「ハニワ」とこれも密かに呼んでいる、わたしと同世代くらいの女性だった。

「とりあえず車掌に伝達、ですね」

タヌキが答えてすぐ、

「自分、行きます！　一番近いんで！」

進行方向とは反対の貫通扉前にいた若い男性――「のっぽさん」が言うなり、ガラガラと扉を開けて後ろの車両へ駆けていった。

空気が変わったのが分かった。

どう、とは言えないけれど、スイッチが入った感じがした。

「ここ、寝かした方がよくないですか」

すぐ前のシートに座っていた「ペコちゃん」が立ち上がり、両隣の客がそれに続く。

「いや、下手に動かさない方がいい。お気持ちだけもらっておきます」

タヌキが答えた。

「あ、じゃあ、これ」ペコちゃんはトートバッグからブランケットを引っ張り出した。

「助かります」タヌキがブランケットの端を受け取って、ペコちゃんと二人でそっと女性の身体にかけた。

電車が減速している。車内に緊張が走っている。わたしの苦手な方の車掌のアナウンスが、途中で止んだ。のっぽさんが車掌室に着いたのだろう。

停車して、ドアが開いた。

瞬間、ドア前にいた男の人が猛然と電車を飛び出して、ホームの階段を三段飛ばしくらいで駆け上がっていった。駅員を呼びに行ったのだろう。おそらくは改札に。

ホームの人たちは怪訝な顔で彼を見ていたが、乗り込んですぐ事態を察したのか、みな一様に顔を強張らせる。

〈えー、ただいま4番ホーム到着の◎時△分発、急行○×行きですが、急病のお客様がいらっしゃいます。救護に当たるため運行を一時停止しております。ご利用のお客様にはまことにご迷惑をおかけしますが、ご理解ご協力のほど——〉

駅に響き渡るアナウンスを聞きながら、わたしは声をかけ続けていた。女の人の口が、かすかに動いた。

「え？　何？」

「めまい……」

「めまい？　クラクラするんですか？」

「クラクラ……」

「貧血かな」タヌキがつぶやいた。「頭は？　頭は打ってないですか？」と、わたしの何倍も大きな声で訊ねる。

女性は答えなかったが、代わりにハニワが答えた。「多分だけど頭は大丈夫だと思います、膝から崩れて、手を突いて、ごろんって感じだったんで……」

女性がカクカクとうなずいていた。頭は大丈夫らしい。

階段を駆け上がっていった男の人――「ジャッキー」が、駅員を三人連れて階段を降りてきた。うち二人は担架を運んでいた。

「ここでーす！　こっちー！」

ドア横に陣取っていた二人が手を振って駅員たちを呼ぶ。二人はドアをまたいでホームに片足を着いていた。何かの間違いでドアが閉まったり、電車が発車したりしないようにしているらしい。

駅員が乗り込んできた。わたしは他の乗客と一緒に道を譲り、担架を置くスペースを空ける。駅員の一人は二十歳にもなっていなそうな青年で、ニキビだらけの顔が真っ青だった。担架を持つ手もぶるぶる震えていた。

タヌキと駅員の三人で女性を担架に乗せていると、ホームから「自分、医者です！」と「泥棒」が入ってきた。そういえば帰りはいつもこの駅から乗ってくる。ハニワがめまいの件、頭を打っている可能性は低いことを告げ、泥棒はそれを聞きながら女性の首や手首に触れる。

　駅員たちは女性を担架で担いで、車両を出ていった。泥棒が伴走する。慎重に階段を上って、わたしの位置からは見えなくなる。車内に立ちこめていた切迫感が、ほんの少しだけ解ける。

〈えー、お待たせしました、4番ホーム停車中の急行〇×行き、まもなく発車します。ご利用のお客様は――〉

　ホームで待っていた客たちがぞろぞろと乗り込んできた。「大丈夫ですかね」ペコちゃんが誰に言うでもなく言って、「心配ですね」とハニワが答える。

　タヌキが声を張った。

「皆さんご協力ありがとうございました。後はひとまず、あの方のご回復を祈りましょう」

　私が仕切ることじゃないけどね――と、わたしに小声で言った。わたしはやっぱり何と答えていいか分からず、「いえ、いえ」と何の意味もない言葉を返した。

　発車の合図の音楽がホームに鳴り渡り、ドアが閉まり、電車が走り出した。すぐ前のシートは空いたままで、タヌキはそこに腰を下ろす。その隣にペコちゃんが座り、更にその隣にハニワが座った。特に会話はない。わたしは最初にいたところに立って、吊革を摑んだ。ジャッキーは疲れた顔で遠くに立っていた。ドア脇の二人はどちらもスマホを見ていた。

　次の駅を出てすぐ、車掌のアナウンスが聞こえた。

〈えー、先ほど病気で倒れられ、■■駅から救急車で病院に搬送されたお客様ですが、医師による診断の結果、命に別状はないそうです。皆様のご協力に心より御礼を申し上げます。えー、

先ほど――〉

空気が変わった。ほっ、と音が聞こえたかと錯覚するほど、車内が安堵で弛む。

タヌキとハニワとペコちゃんが微笑みを交わしていた。こちらにも顔を向ける。わたしも無意識に笑みを浮かべ、「よかった」と言った。

その後すぐ、みんな元の赤の他人に戻った。

駅から家までの足取りは軽やかで、家に着いても風呂に入るだけの余力が残っていた。というより力が湧いていた。髪を乾かし、寝支度をして布団に潜り込む。

気付くと朝だった。

疲れが取れているとは言いがたく、眠気もあったが、重かった身体はほんの少し軽くなっていた。

東京の満員電車。

赤の他人同士がひしめき合う、都会の電車。大嫌いだったし今も大嫌いだけれど、最悪というほどではない。そう思えた。

三日経った。

仕事で嫌なことが重なって、すっかり消沈しながら、わたしは帰りの電車で吊革に摑まって揺られていた。少し離れたところでタヌキが、太った身体を窮屈そうにして立っている。近くにはハニワがいる。目の前の席に座っているのはペコちゃんで、彼女はスマホを見ていた。

進行方向とは逆の貫通扉前に、のっぽさんが立っていた。こちらは文庫本を読んでいる。

他の面々は見えないが、多分、見知った顔はみんないるだろう。泥棒はいないがきっと次の駅のホームで待っている。

嬉しいというほどではないが、支えにはなっていた。わたしたちは協力して、一人の命を救った。一文の得にもならないのに。手を差し伸べなくても誰にも責められないのに。その確かな事実が、わたしをほんの少しだけ奮い立たせていた。帰って配信番組でも観るか、という気持ちさえ生まれていた。

どこかで聞いたような音が背後からした。

振り向くと足下に人が倒れていた。

おじさん、いやおばさんかもしれない。五十歳くらい。癖毛だかパーマだか分からない、もじゃもじゃの黒い髪。スーツのような違うような、茶色い上下を着ている。破れ目だらけの高島屋の紙袋が、手元に転がっている。

猿みたいな顔も、皺だらけの手も、絵の具の「はいいろ」くらいに灰色だった。目はぎゅっと閉じられ、出っ歯の口からやけに白い、キメ細かい泡を吹いていた。泡は頬を伝い、音もなく床に落ちる。

「え……？」

わたしは無意識に声を上げていた。上げながら屈んで、戸惑いながら声をかける。

「あのう、大丈夫ですか？　大丈夫？　もしもし……もしもーし！」

周りの客たちも明らかに戸惑っていた。遠ざかることすらできないでいるのが、音と気配で分かった。

「ちょっと、ちょっと、ちょっと失礼」

タヌキがわたしの側に屈んで、倒れた人を覗き込む。イヤリングをしている。女性だろう。

「弱くなってる。前と……三日前と同じ。いや、どうかな」

女性の首に手を当てながら、わたしを見る。

「あ、あのう」

声がした。ハニワだった。

「頭を打ってはなかったです。前と一緒、だったので」

何度も首を傾げる。

「すみません。あの」

座っていたペコちゃんが、申し訳なさそうに言った。

「ブランケット、持ってきてないんです。あの時、一緒に運ばれていっちゃっ——」

のっぽさんが人混みから頭を出して、こちらに問いかけた。

「またですか？　また？　え、今回も車掌に言いに行った方がいいですか？」

女の人は次の駅で駅員に担架で運ばれていった。駅員を呼びに行ったのはやっぱりジャッキーで、階段を駆け上がりながら「何だよこれっ」と吐き捨てていた。

若い方の駅員はガタガタ震え、涙を浮かべてさえいた。

乗り込んできた泥棒は女性を認めるなり、「え？」と半笑いになって、慌てて真顔を作った。

女性が運び出され、ドアが閉まって、電車は駅を出た。

奇妙な沈黙が車内を満たしていた。質問したいが、誰かが答えを知っているとは到底思えない。わたしは倒れた女性に呼びかけながら何度か「三日前の方ですか？」「三日前にも倒れましたよね？」と質問したが、彼女は「めまい」「クラクラ」と答えるばかりだった。

次の駅を出てすぐ、アナウンスが鳴り響いた。

〈えー、先ほど、えー、先ほど病気で倒れられ、■■駅から搬送されたお客様ですが、えーその、命に別状はない、とのことでした。皆様あり、ありがとうございます。く、繰り返します。えー、先ほど――〉

車掌は明らかに戸惑っていた。車内の空気は張り詰め、寒さを感じるほどだった。

鳥肌が両腕に立つのを感じながら、わたしは吊革を摑んでいた。

翌朝から一本早い電車で出社し、一本遅い電車で帰った。どちらにもペコちゃんが乗っていて、思わず黙礼（もくれい）する。会話はしなかった。知った顔が彼女以外にいないのは少し寂しくはあったけれど、日が経つにつれて慣れていった。そうしてあの出来事についていくつか、ありそうな仮説を捻（ひね）り出した。

倒れた女性二人は、双子の姉妹だった。

あまりにもシチュエーションが被（かぶ）っているので、倒れた二人は全然似ていないのに「似ている」「同じことが繰り返されている」と誤認してしまった。

鉄道会社までもが荷担した、一般人を対象にした周到なドッキリ。わたしだけ、もしくはわたしともう何人かだけがターゲットで、見知った顔の中に仕掛け人がいる。

どちらか、あるいは両方ともわたしの幻覚。

どれも全くあり得ないわけではない。ドッキリについては馬鹿馬鹿しい仮説だが、詐欺師や手品師はしばしば「まさかそこまで大がかりな真似(まね)はしないだろう」という、高を括(くく)る心理につけ込んで人を騙(だま)すという。

最後のは真剣に考えていると段々怖くなってきたので、途中で頭から追い払った。そうこうしているうちに日が経ち、少しずつ記憶は薄れていった。

二度目に女性が倒れてから、半年後のことだった。

仕事であちこち駆け回っているうちにいい時間になったので、直帰することにした。嫌なことはいくつもあったが、以前ほど落ち込んではいなかった。

吊革を掴んで電車に揺られていると、

「ひっ」

声がした。

ハニワが後ずさっていた。周りの人々もそれに倣(なら)う。ハニワの前にいる人物から、一斉に距離を取ろうとしている。

あの女性だった。

あの女性が、困った顔でハニワの前に佇(たたず)んでいた。

ぱっと見はおじさんにもおばさんにも見える、五十歳くらいの人。癖毛だかパーマだか分からない黒髪。茶色いスーツ風の上下。所々が破れた、高島屋の紙袋を提げている。

わたしの背中を、冷たい汗が伝った。

女性は細い目を更に細めて、まじまじとハニワを見つめた。ややあって、小さく首を振る。

そしてぎこちなく歩き出す。乗客が彼女から離れた。混んでいるのに彼女の周囲だけ、広々とした空間ができている。

　わたしも彼女から離れた。

　女性はゆっくりと歩き続けて、わたしがさっきまでいた辺りで足を止めた。ほんの少し身体を屈め、前のシートに座っている人々を覗き込む。

　シートの中央に、ペコちゃんが座っていた。不自然に俯いて震えていた。そのすぐ前に、狙い澄ましたかのように女性が立つ。

　タヌキの太ったスーツ姿が人混みの中に見えた。ジャッキーもいる。のっぽさんもいる。みんな息を潜めて、事態を見守っている。

　あの女性は何者なのか。

　何をしに来たのか。

　自分たちはどうなってしまうのか。

「ほ」

　女性は妙な声を上げて、紙袋に手を突っ込んだ。中から紺色の何かを引っ張り出し、ペコちゃんに差し出す。「ひっ」とペコちゃんがシートの上で、身体を引く。

「……え？」

　誰かの声がした。

　今にも爆発しそうなほど張り詰めた空気が、少しずつ解けていく。

　女性が手にしていたのは、ブランケットだった。

あの日だ。

あの最初の日に、女性にかけてあげたブランケットだ。

呆然としているペコちゃんに、女性は掠れた声で言った。

「その節はありがとうございました。いつかお返ししようと思いまして、あちこち探し回っていたんですが、見付かってよかった。よかった……」

何度も小さく、拝むようにお辞儀する。

ペコちゃんは震える手でブランケットを受け取った。「いいのに」とか細い声でつぶやくのが、妙におかしかった。空気が更に弛む。

「お元気ですか」

「ええ、とても」

ペコちゃんの質問に、女性は答えた。ニッと歯を剝く。目をこれ以上ないくらい細める。背中を丸め、手を擦り合わせて、

「これでまた、一から助けてもらえますね」

そう言うと、眉間に皺を寄せた。

みるみる顔色が悪くなる。絵の具の「はいいろ」みたいな色になる。

げふ、と歯の隙間から白い泡を吹いた。

がっくりと膝を突いて、手を突いて、横になる。その顔は本当に苦しげだった。でもどこか幸せそうだった。

きゃーっと誰かが悲鳴を上げた。人々が押し合いへし合いしている。怒鳴り声はジャッキー

だろうか。のっぽさんは貫通扉の前で、引きつった顔で固まっている。
わたしは人混みに押されながら、改めて思った。
この移動手段は、異常だ。

空白

中学三年生の頃だから、もう三十年以上前だ。

家族で二泊三日の旅行に行った。きっと夏休みだったのだろう。場所は西日本の某所、とだけ言っておく。

両親と、ぼく、弟、計四人。

家族と行動を共にするなんてまっぴらだ、と感じる年齢ではあったが、それでも一緒に行くことにしたのは、受験勉強を堂々とサボれるからだった。小学五年生の弟はそれなりに楽しそうだった。電車を乗り継いで半日。とある山間にある、白い壁の小さなホテル。部屋はよくあるタイプの和室だった。

チェックインした頃から雲行きは怪しかったが、とうとう二日目の朝から降り出し、瞬く間に豪雨となった。両親は名所巡りの計画を全て中止し、ぼくたち一家はホテルに籠もることになった。

トランプも早々に飽きた。卓球も同様だった。テレビもチャンネル数が少なく、しかも退屈な番組ばかり。ホテルには小さな図書室があったが蔵書は寂しいもので、わずかな漫画も、小説も、それ以外もつまらなかった。もちろん当時はスマホはおろかネットそのものが普及していない。

午後一時半には完全にすることがなくなった。

部屋でゴロゴロしていると、利用案内の分厚いファイルを読んでいた母が顔を上げた。

「ビデオあるって」

フロントに何本かＶＨＳテープが置いてあって、頼めば無料で貸してくれ、部屋のテレビデオで観られるという。テレビデオ——テープ再生機と一体化したテレビだ。

「何があるん？」と弟。

「さあ。ここには『人気映画』としか書いてへん」

母は答えた。最早ほとんど期待していなかったが、ぼくたちは連れ立ってフロントに行った。

少ないリストの中から散々議論して借りたのは『ドン松五郎の大冒険』と、一九八四年版の『ゴジラ』だった。前者は生温い感動を売りにした動物映画だとパッケージで予想していた。後者は弟が「どうしても観たい」と駄々を捏ねて借りたものだった。

『ドン松五郎の大冒険』は予想に反して犬がパソコンを操作したり、ハンググライダーに乗ったりと荒唐無稽な内容で、とても面白かった。勢いに乗って『ゴジラ』も観ることになった。

テレビデオにＶＨＳテープを突っ込む。自動的に再生が始まる。制作会社のロゴが出るだろう、と思っていたところ、画面が不意に明るくなった。

和室が映っていた。

自分たちのいる部屋と瓜二つの、典型的な旅館の和室。畳、床の間、掛け軸。やけに大きな座卓。

布団が敷いてあった。人が寝ていた。画質は悪く、画面はうねうねと波打っていたが、長い髪をしているのは分かった。

サーサー、ブツブツ、とノイズだけが聞こえる。

「なんや、これ」

父が言った。

「さあ」と母が答える。「気持ち悪いなあ。間違ってホラー借りてもうたんかな」

「テープにはちゃんとシール貼ってあったよ。ゴジラて書いてた」

「間違って上書きしたんかも」

「あ」

弟が声を上げた。

寝ていた人が上体を起こしていた。こちらを見ている。

女性だった。若い。ぼくより少し上くらいの女性。それ以外は不鮮明で分からない。

口が開いた。

『……お父さん？』

確かにそう言った。ザラついて薄っぺらな声だった。

『お父さん、そこにおるん？』

女の人は布団から這(は)い出て、こちらにやってきた。やはり若い女性だ。白い頬(ほほ)に大きな赤いニキビがひとつある。はっきり見えないのにやけに痛々しい。

『お母さんも？　ねえお母さんもおる？』

乾いた唇を動かして、

『なあ、悟(さとる)』

彼女は名前を呼んだ。ぼくは「あっ」と声を上げ、母さんも「うえっ」と変な声を出していた。

ぼくの名前だったからだ。

『悟、聞こえてるん？　なあ悟？　悟？』

画面の中の女性は、繰り返しぼくの名前を呼んでいた。

顔がぶつかりそうなほど、カメラに近付いていていた。

額がやけに広い。

目は小さくて、離れている。

開いた口から、歯が見える。歯並びが悪く、下の前歯に至っては、ほとんど一列になっている。

両手には包帯が巻かれていた。血が滲んでいる。動くたびに顔を顰めている。痛むのだろう。

はっ、と不意に彼女が左を向いた。

ノイズが一際大きくなる。

違う。雨音だ。画面の向こうの誰かが、広縁の窓を開け放ったらしい。

向こうでも雨が降っている。

女性は慄きながら後退り、画面右に消える。畳を擦る音だけがする。

画面左の畳に、ヌッと影が映った。

みるみる伸びて、濃くなる。遠くでガチャガチャと金属音がする。嗚咽も聞こえる。

がたん、と画面が揺らいだ。アングルが変わる。窓の方を向く。

「悟が悪いんちゃうよ。ちゃうけど」

女性の声がした。

窓を背に真っ黒な人影が立っていた。

と思った瞬間。

「ほお、こんな話やってんな。よう考えたら、ちゃんと観たことなかったわ」

父の声がして、ぼくは瞬(まばた)きした。声を上げそうになって、堪(こら)える。

「ゴジラ、可哀想やったね」

母が洟(はな)を啜(すす)る。

画面にはエンドロールが流れていた。

時刻は五時半になろうとしていた。

ぼくは壁に凭(もた)れて呆然(ぼうぜん)としていた。

「これ、死んだってこと？」

寝そべっていた弟が、こちらを見て訊(たず)ねた。

食後に大浴場に行った。長湯の父に付き合うのは大変で、ぼくと弟は先に上がった。

脱衣所には他に誰もいなかった。

服を着ている弟に、ぼくは思い切って声をかけた。

「あのゴジラのビデオ、最初の方に何か変なの入ってなかった？」

「え？」

きょとんとした顔でこちらを見上げる弟に、

「いや、旅館そっくりの和室で、女の人が映ってて……」

ぼくは掻(か)い摘(つ)まんで説明する。すると、弟は顔を顰めて答えた。

「いや、なかったで」

ただの夢だ。

寝て起きた頃には、ぼく自身もそう思うようになった。ゴジラは既に何度か観たことがあって、退屈で寝てしまっただけだと。

それで腑に落ちた。

だから帰ってから誰かに語って聞かせたりはせず、その後は思い出すこともほとんどなかった。例えば怪談だの心霊体験だのを披露するような場でも。世紀が変わっても。元号が変わっても。

記憶が甦って頭に居座り続けるようになったのは、先月、中学校の同窓会に出席してからだった。

かつてのクラスメイトと談笑していると、何人もの人間に、こんな質問をされた。

「お姉さん、元気？」

意味が分からなかった。

ぼくには姉などいない。いたこともない。

説明すると、皆一様に「え？」「うそ？」と首を傾げた。一人は「何の冗談？」と笑い、別の一人は逆に「全然おもんない」と声を荒らげた。実はお前の姉ちゃんが好きだった、と打ち明けられ、訳の分からん冗談を言うな、と怒られた。

彼らの話を総合すると、ぼくには二つ上の姉がいたという。小中は同じで、高校は〝たしか〟近くの県立に通っていたはずだ、と。

ぼくにいるのは姉ではない、弟だ。

そう説明すると、彼らはまた首を傾げた。

初耳だ、と口を揃えた。


「なあ、兄貴」

キーを打つ手を止めた。

弟だった。いつの間に仕事部屋に入ったのだろう。それ以前に、いつの間にぼくの家に入ったのだろう。

そもそも、いつ東京に来たのだろう。

外から雨音が聞こえていた。

「帰ってきてくれるか。俺一人で面倒見んの、そろそろキツいわ」

「そうは言ってもな。こっちも仕事を抱えてるわけだし」

「仕事なんか、ないやろ」

「え?」

「知ってるぞ。兄貴、独立して上手くいかんくて、貯金切り崩して暮らしてんねやろ。東京におるんは意地や。やせ我慢や。こっちは分かってんねん」

弟はくすくすと笑う。

「同窓会でも何や嘘吐いとったらしいなあ。聞いてるぞ。バレバレやったけど、みんな話合わせてやったって。可哀想やからって」

ぼくは何も答えられず、拳を握りしめる。

黙っていると、弟はやれやれと言わんばかりの溜息(ためいき)を吐いて、こう言った。

「親父(おやじ)もお袋も死んで、三人だけ残ったきょうだいやろ。家族やろ。寝たきりの姉貴の面倒見るん、そんなに嫌か？　それとも未(いま)だに後ろめたいんか？　旅行中に姉貴が大怪我(おおけが)したん、兄貴のせいちゃうで」

# はしのした

その日、父親は保育園に息子を迎えに行った。息子は一歳半。会社の帰りに保育園に向かう。園舎で息子の帰り支度をしながら、保母と二言三言遣り取りする。他所の子供たちに話しかけられ、軽く相手をし、息子を抱いて園舎を出る。

息子の手を引いて家までの道を歩いていると、視線を感じた。

向かいの歩道から、腰の曲がった老婆が睨んでいた。

夏だというのに灰色のニット帽に、からし色のコート。膨らんだ大きなレジ袋を、両手から地面すれすれまでぶら下げている。赤とも紫ともピンクともつかない色の手袋がやけに目立つ。

歩を進める父親を、老婆は目で追っていた。その場でぎりぎりと音がしそうなほど身体を捻り、こちらを凝視している。

信号が青になった途端、老婆はよたよたと横断歩道を渡り始めた。

こっちに来る。

父親は息子を抱き上げ、足を速めた。

ちらりと振り返ると、老婆がレジ袋を引き摺りながら追いかけてくるのが見えた。

想像以上に速い。レジ袋がアスファルトを擦る音が、どんどん近付いてくる。不規則な足音も、壊れた笛が鳴るような息遣いも。父親は息子を強く抱き、家までの道を走った。息子が笑い声を上げた。マンションの敷地に入り、駐車場を抜けて棟の玄関をくぐり、集合ポストの脇を抜けて、エレベーターのボタンを叩く。

背後で大きな音がした。

エントランスホールの真ん中で、老婆が倒れていた。レジ袋の中身が散乱している。転んだ拍子に打ち付けたのだろう。老婆の顔は血塗れだった。口からも鼻からも、目からも血を流していた。

ニット帽が脱げていた。

絡まった髪の間から、大小の赤黒い瘤がいくつも飛び出していた。

角だ、絶対そうだ、と思った瞬間、全身の毛穴からどっと冷や汗が吹き出した。

エレベーターの扉が開いた。父親は大急ぎで飛び込み、「閉」ボタンを乱打する。目的の階を押し、また「閉」ボタンを叩く。

ずるずる這い進む老婆の姿が、閉まる扉に隠れて見えなくなった。

帰宅してしばらくは息子を抱いて縮こまっていたが、息子の笑顔を見ているうちに、少しずつ冷静になれた。

ベランダに出て耳を澄ます。玄関ドアをそっと開けて同じことをする。下で騒ぎになっている様子はない。救急車のサイレンも聞こえてこない。

次第に怪しく感じられた。角のある老婆なんて、と馬鹿らしく思うようになった。

きっとあの老婆は認知症か譫妄で、自分は恐怖のあまり、角なんてありもしないものを見てしまったのだろう――と、父親は現実的な解釈をするようになった。いたずらに怖がらせても仕方がないので、母親が帰ってきても何も言わなかった。

三人で夕食を取り、息子を風呂に入れ、そろそろ寝かせようとした、午後八時過ぎ。

固定電話が鳴った。

保育園からだった。

「ああ、やっと繋(つな)がった」

特に親しくしている保母の声だった。

「どうされましたか」

「そちらこそ、どうかされたんですか？　何かトラブルでも？」

「え？」

「え？」

「すみません、ちょっと状況が飲み込めないんですが」

「だって、いつまで経(た)ってもお迎えにいらっしゃらないので。お母様の方にかけても繋がらないし、こんな時間だし、もう本当にどうしようかと思って……」

「冗談は止(や)めてください。いつもの時間に迎えに行ったじゃないですか」

「何を仰(おっしゃ)るんですか。息子さん、ずっと待ってますよ」

「いや、ちょっと」

苦笑した父親の耳に、受話器の向こうから声が届いた。

「おとうさーん。おとうさーん」

息子の声だった。幼く、たどたどしく、幸福に満ちあふれた、絶対に聞き間違えようのない、息子の声。

父親の全身を悪寒(おかん)が走り抜けた。

気付いた時には通話は切れていた。

母親とじゃれ合う息子のキャッキャという声が、背後から聞こえていた。

父親は折り返し電話したが繋がらず、翌日息子を預けに行っても、保育園、保母、そのどちらにも何ら変わったところはなかったという。

母親は何も知らないまま、昨年末に老衰で亡くなった。父親は後を追うように年明けに息を引き取ったが、その直前、病院のベッドで息子に打ち明けた。

あの日。

自分は、お前じゃないお前を連れて帰ったのかもしれない――

あの老婆は、そんな自分を止めようとしたのかもしれない――

ああ。ここまで話したら、薄々気付くだろ。

その息子ってのが私だ。

で、どう思う？

「お前は橋の下で拾ってきた子だ」みたいな古臭い冗談の、少しばかり手の込んだタイプか？

だがな、父親は泣いていたよ。

泣きながら震えていた。

私を見て、死ぬ前から既に死人みたいに青ざめて。

あんたならどう考える？

父親の話が事実なら――

今あんたに喋っている、私じゃない私は何なんだ？

電話で父親を呼んだ、私だった私はどこに行った？
父親はどんな気持ちで私を育てていた？
怪談だの何だのに詳しいあんたなら、何かしらは分かるだろ。
お願いだ。教えてくれよ。

# 青黒き死の仮面

その日のT結婚式場は、最初からおかしかった。まず正面ゲートが何をどうしても開かなくなり、解錠業者を呼んで何とか事なきを得た。蝶番(ちょうつがい)全てが異様に錆(さ)び付いていたことが原因だった。

専属カメラマンは駐車場で転んで顔中を擦り剝(む)き、そのアシスタントは機材運搬用のカートを思い切り向こう脛(ずね)にぶつけた。ベテランのウェディングプランナーは新郎新婦の名をそれぞれ二度も呼び間違えて控室の空気を悪くし、料理人の一人は一時間に三度も指を切った。

式場関係者ばかりではない。新婦の友人で受付を任された二人のうち一人は、祝儀袋の熨斗(のし)飾りが爪の間に刺さった。もう一人は躓(つまず)いて足を挫(くじ)いた。新郎の祖母は腹を壊してトイレと控室を何度も往復し、新婦の姉の息子、つまり新婦の甥(おい)である小学二年の男児は、敷地に入るなり異様に怯(おび)え出し、建物に入ることを渋った。新婦の姉が宥(なだ)め賺(すか)し、何とか中に連れ込んだが、甥は俯(うつむ)いたまま一言も口を利(き)かなくなった。

単に不運が続いているのではない。

これは報(むく)いだ。あるいは祟(たた)りだ。

出席者も、お喋(しゃべ)りな出席者から事情を伝え聞いた式場関係者もそう思っていたが、口にする者は一人もいなかった。その理由が分からないからではなく、むしろその逆だった。

新婦のかつての恋人、A。彼の仕業に違いない。

誰もがそう思っていた。

Aは三年前、車ごと海に飛び込み、行方が分からなくなっている。

車は引き揚げられたが、死体は見付かっていない。

自宅に遺書が残されていた。新婦宛てに「さようなら」、新郎宛てに「彼女を幸せにしてやってほしい」と書かれていたが、友人知人は皆、偽装を疑った。筆跡はよく似ているが、女性を「幸せにしてやる」などという言い方考え方を、Aがするだろうか？　誰もがそう思ったのだ。自殺する理由も思い当たらない。

新郎がAを殺したのではないか。あるいは新婦が殺したのではないか。そうでなければ両方が。二人が婚約したのを境に、そんな噂（うわさ）が囁（ささや）かれるようになった。新郎にも、新婦にも、独善的で激情家で、目的のために手段を選ばないところがあった。善人のAがなぜ新婦と交際し、新郎と友人関係を続けているのか理解できない。そう首を傾（かし）げる人間も以前から多くいた。

誰もが不安になっていたが、式は予定通りの時刻に始まった。

チャペルでの指輪交換と、誓いの言葉、誓いのキス。

出席者の待つ披露宴会場にゴンドラで降臨し、万雷（ばんらい）の拍手で迎えられる。仲人に乾杯され、出席者に代わる代わる写真を撮られ、祝福される。

お色直し。キャンドルサービス。

新郎友人による芸。新婦友人による芸。

どれも通り一遍ではあるが贅（ぜい）を尽くしていた。新郎も新婦も実に愉（たの）しそうに、幸福そうにしていた。その笑顔にはどこか影が差しているように見えたが、無理もなかった。

異変は、確実に起こっていた。

起こり続けていた。

陽（ひ）の光がさんさんと降り注ぐチャペルの窓に、掌（てのひら）ほどの大きさの蛾（が）が何匹も止まっていた。

黄緑色の巨大な羽、破裂しそうなほど膨らんだ白い腹。ふさふさした紫の繊毛に覆われた、長い触角。追い払うと余計に目立つので放置された蛾は、式の最初から最後までを見守るように、窓にべったりと張り付いていた。

ゴンドラが降下する際のスモークに、人の顔が浮かんでいるのを見た人間が何人もいた。うち一人は気分が悪くなって席を外し、歓談まで戻ってこなかった。

キャンドルは何度も消えた。かと思えばひとりでに灯った。

間違いなく何かが起こっているが、だからといって中止するわけにはいかない。それ以前に「何かが起こっている」と認めるわけにはいかない。新郎も、新婦も、見て見ぬふりをした。親族もそれに倣った。

塔のように聳え立ったケーキに、新郎新婦が「共同作業」をし、出席者が大きな拍手を送り、何度目かの歓談が始まった、直後のこと。

披露宴会場の隅に、見知らぬ男が立っていることに、女性スタッフが気付いた。縦にも横にも大きな身体に、ぴったりした黒いスーツを着ている。大きな花束を抱えていて、顔は見えない。誰だろう、とスタッフが声をかけようとした時、男は花束を胸元まで下げた。

スタッフは悲鳴を堪えることができなかった。

全員の視線が悲鳴の主に、次いで男に集まる。

ぴたり、と歓談が止んだ。

息を呑む音、呻き声があちこちから上がる。赤ん坊が泣き出す。

男の顔は青黒く膨らんでいた。唇も、頬も、今にも破裂しそうなほどだった。鼻は削ぎ落とされ、二つの縦長の穴だけが開いている。

片方の目は眼窩から飛び出て、垂れ下がっている。

ずぶ濡れの髪が顔に張り付いていた。スーツも、蝶ネクタイも、グローブのように膨張した手も、革靴も水浸しで、足下の絨毯には大きな染みができていた。花束からポタポタと水が滴っている。

水死体だった。

男は水死体そっくりの出で立ちをしていた。

「随分といい趣味をしているな」

マイクスタンドに顔を寄せ、そう言い放ったのは新郎だった。傍らでは新婦が顔を引き攣らせている。次の瞬間にも会場を飛び出しそうなほど全身を緊張させているのに、視線は男から一ミリたりとも逸らせないでいる。

一方で新郎は端正な顔に、嘲りの笑みを浮かべていた。血走った目で男に訊く。

「誰だ？」

男は答えなかった。

花束を手に突っ立っている。

「もう一度訊く。誰だ？」

興奮した声で質問を重ねる新郎を、男は無言で、片方の目で見つめている。

「話すのが嫌なら、そのマスクを取れ。いずれにせよ、式をぶち壊しにした報いは受けてもらうぞ。さあ、取れ」

新郎は芝居がかった口調で命令した。

男が足を踏み出した。一歩、二歩と前に進む。ボタボタと水を滴らせる。

磯（いそ）のにおいが会場に漂っていることに、皆が気付いた。鼻と喉（のど）がヒリヒリするような、潮のにおいも。

海水だった。

男から滴っているのは、海の水だった。

誰かがAの名前をつぶやいた。

男に呼びかける声もした。

答えることなく男は歩き続ける。新郎新婦に近付いている。

「来るなっ」

新郎が叫んで後退（あとずさ）った。縋（すが）り付く新婦を振りほどこうとして縺（もつ）れ合い、あえなく二人揃（そろ）って転んでしまう。

男はマイクスタンドの前で立ち止まった。風船のような手でマイクを握り、身体を折って、青黒い顔を寄せる。

触れれば破裂しそうな唇を開く。

ごぼ
ごぼごぼごぼ
水音が会場に響き渡った。

「ぎゃあああ！」

絶叫したのは新郎だった。それを合図にするかのように、あちこちから悲鳴が上がる。我先にと出入り口のドアへ殺到し、転び、倒れ、また新たな悲鳴が上がる。

開け放たれたドアから、廊下へ飛び出した出席者と、スタッフ。そのうちの何割かが振り返った。そして見た。

腰を抜かしている新郎と、その側で腹這いになって泣きじゃくっている新婦。

男はゆっくりと二人に歩み寄り、花束を差し出した。

花束が新郎の顔に触れたその瞬間に照明が落ち、披露宴会場は真っ暗になった。

警察が駆けつけた時には既に、新郎新婦は息をしていなかった。床に大の字になって、眦が裂けそうなほど目を見開いて死んでいた。二人とも海水にまみれていた。

会場は噎せ返るほど磯臭く、予想外の状況に一人の若い巡査が嘔吐した。

男の姿はどこにもなかった。侵入した経路も分からず、逃げた痕跡も見付からなかった。

ただ。

捜査の過程で、会場の隅に金属の破片がいくつも落ちているのが見付かった。

新郎新婦の、ねじ切られた結婚指輪だった。

# 通夜の帰り

隣を歩く白川は、せわしなく缶チューハイを傾けていた。

久々に顔を合わせた、かつての同僚だった。一緒に働いていた頃より更に老けている。一方でオドオドして挙動不審なところは相変わらずだ。喪服のサイズが合っておらず、窮屈そうにしている。

すっかり禿げ上がった白川の頭を眺めながら、俺は言った。

「いや、それにしても久しぶりだな」

「そうだね、阿部くん」

「たまにこっちから電話するくらいで、全然会う機会なかったもんなあ。お前、付き合い悪いんだよ」

「ごめん、バタバタしててさ」

「そりゃお前の要領が悪いせいだって。今の職場でもトロいとか言われてるんじゃないか？」

「陰ではそうかもしれない。ううん、実際そうだと思う。いや、きっとそうだ」

「何慌ててんだよ」

「いや、これが素だから」

大柄なのに声は小さいし、しゃべり方もなよなよとしている。これもあの頃と同じだった。

白川はウスノロだった。毎日のようにミスを連発し、上司から大目玉を食っていた。俺が逐一フォローしなければ、五年も会社にいることはできなかっただろう。一人前の編集者にはなれなかっただろう。ただ、今の口ぶりから察するに、転職先でも上手くはいっていないらしい。

「やっぱりダメだな、白川は」

「そうかも」

俺と白川は深夜の幹線道路沿いを歩いていた。トラックとタクシーがひっきりなしに通るせいで、むしろ騒々しいくらいだった。夜空は分厚い雲で覆われ、月も見えない。

耐えきれなくなったのか、白川が喪服のジャケットを脱いだ。「前に着たの、三年前だからね」と言い訳がましく言う。

「ハゲのうえにデブはまずいだろ」

「ははは」

「で、前の葬儀って誰？　俺の知ってる人？」

「忘れた？　金石（かないし）さんだよ」

「ああ……」

隣の編集部の先輩だった。端的に言って人格者で、たくさんの人に慕われていた。くも膜下出血で急死したのは、四十を過ぎたばかりの頃だったはずだ。葬儀には弔問客が詰めかけた。

「亡くなったと言えば、ライターの竹林（たけばやし）さんもだろ」

「〝元ライター〟ね。廃業して地元に帰って、家業を継いでらしたから」

「細かいことはいいんだよ。あの人は癌（がん）だっけ？」

「うん。木村（きむら）さんと同じ肺癌。どっちも煙草（たばこ）、吸ってなかったのにね」

「だったな」

木村さんは作家だ。五十歳を越えていたはずだが、死ぬには早い年齢であることに変わりはない。彼女もまた人格者だった。

三十を過ぎた頃から、知人の訃報が急に増えた。自然なことではあるが、受け容れるのは難しい。むしろ苦痛だ。たとえ四十、五十になっても、この感覚は変わらないだろう。

何故なら――

「いい人ばっかり死ぬんだよ。いい人で、しかも仕事できる人が」

俺は言った。

「金石さんもそうだし、木村さんもそうだ。竹林さんも郭さんも、ジェリーさんもムーさんも。最近は後輩まで死に出したぞ。百瀬に相原に……」

「等々力くんも」

「そうだそうだ。あいつは事故か」

「うん。自転車――じゃない、ロードバイク乗ってて、トラックに引っかけられたんだよ」

「そうだ。惜しい奴をなくしたよなあ。そのくせ、どうでもいい奴だけは長生きするんだ。世の中的にいてもいなくてもいい、違うな、いない方がマシな奴」

「そうかなあ」

首を捻る白川に、俺は思わず笑ってしまう。

「やっぱ鈍いな、お前。今のは皮肉で言ったんだぜ?」

「え?」

「あのなあ……お前だよ。お前のこと言ってんの」

「というと?」

白川はきょとんとした顔で言った。

「お前みたいなのが生きてて、金石さんたちが死ぬのがおかしいって話」

俺は白川の前に回り込み、通せんぼをして、

「自分でも思うだろ、なあ？」

嘲(あざけ)り笑いとともに言葉を投げ付けた。

そうだ。死んでほしくない人ばかりが死ぬ。それなのにこいつは、このウスノロで、無能で、でくのぼうで、俺がいなければ何もできない白川は――

「思わないよ、全然」

白川は言った。

言葉の意味を呑(の)み込むのに少し時間がかかった。

「……え？」

「生き死には単なる運だよ。たまたま生きて、たまたま死ぬんだ。この瞬間だってトラックが突っ込んでくるかもしれない。今までそうならなかったのは、単に僕が幸運だったからってだけだ。努力の成果でも、仕事ができるからでもない。そういう人間社会のあれこれとは無関係だ」

唐突な饒舌(じょうぜつ)ぶりに俺は面食らう。

白川は俺をまっすぐ見て、

「金石さんたちが亡くなったのも、運が悪かったからだよ。等々力くんの場合は加害者がいるけど、それだって過失致死だ。等々力くんが何か悪いことをして、その報(むく)いを受けたわけじゃない」

「し、白川？」

「そういう因果応報的な考え方はしない。そう決めてるんだ」

白川は寂しげな溜息を吐いた。

「……ははは」無性に可笑しくなった。「いきなり何言い出すんだお前。馬鹿のくせに急に真面目くさった演説始めやがってさあ。酔っ払ってんのか」

「いいや」

「じゃあ素面で言ってんのかよ。はははは！　傑作だ。夜中に、こんなところでお前、さすが白川――」

「うるさいぞ、阿部」

どすの利いた声で、白川は言った。

車の流れがいつの間にか途絶えていた。

「同じ頃に会社を辞めて、もう十年だよ。付き合いもほとんどない。赤の他人だ」

「いや、それは」

「同僚でないと困るのか？　同僚でいてほしいの？」

「な、何を言ってるん――」

「他所の業界から来た一回りも年上の人間をイジるのが、そんなに楽しかったの？」

「お、俺は」

「他の誰とも関係を築けなかったの？」

「…………」

「僕くらいしかいなかったから、こうして化けて出たの？」

俺は言葉を失った。

白川の姿が霞(かす)む。静寂(せいじゃく)に包まれる。

首に巻いてあるタオルに気付く。

ああ、そうか。

合点した瞬間、俺の全てが消えた。

※　※

デコトラがすぐ横を走り去り、何台かのタクシーがそれに続く。

歩道に立ち尽くしている自分に、白川は気付いた。

空き缶を握りつぶして歩き出す。隣には誰もいない。誰の声もしない。セレモニーホールから自宅までの道を、自分一人で歩いている。

出版社にいた頃の同僚、阿部の通夜に行った帰りだった。

口ばかりで能力が伴わず、皆から嫌われていた阿部。その鬱憤を晴らすためか、「出版の知識に乏しい、十二も年上の同僚」である白川に、事あるごとに絡んでいた阿部。出版社を飛び出してからは、短期間での転職を繰り返していた阿部。風の便(たよ)りに聞くのは悪い噂(うわさ)ばかりだった。

アパートの自室で阿部の腐乱死体を見付けたのは、異臭がすると苦情を受けた大家だった。

ドアノブにタオルを引っかけ、首を括っていたという。

通夜には親族が数人いるだけで、弔問客は誰もいなかった。白川一人を除いて。

白川は歩きながら、改めて阿部の死を悼んでいた。

ついさっきまで自分の傍らにいた、死んだはずの阿部のことを思い出していた。

汚れた服を着て、首にタオルを巻き、青黒く腐っていた。

嬉しそうに、本当に嬉しそうに自分をからかい、笑いものにしていた。

怖かったのは最初だけだった。すぐに憐れむようになり、終盤は少し腹が立った。まさか軽く言い返したくらいで、ああも簡単に消えてしまうとは思わなかった。

寂しかったんだな。

家に着くまで、イジられてやってもよかったかもしれない。もし再び現れたら、気の済むまでやらせてやろう。

いや、やっぱり御免だ。

二度と化けて出ないでくれ。

それから白川は家族のこと、仕事のことだけを考えながら家に帰った。

# 喫茶店の窓から

妻と買い物帰りに、駅前の喫茶店に寄った時のこと。

二階の窓からロータリーを見下ろしながら、私たちは雑談していた。

クリスマスを控えて、木々やモニュメントには無節操な電飾が光っていた。地方銀行のシャッターの前には、自転車が何台か停まっていた。

青いダウンジャケットの少年が走ってきて、いきなり、端の一台を蹴り飛ばした。後から何人もの少年たちが追いかけてきて、倒れた自転車を踏みつける。

一人の小柄な少年が、彼らが来たのと同じ方向から、ゆっくりと現れた。何をするでもなく、ただ棒立ちで、自転車が蹴られる様を見つめていた。

妻も気付いたらしく、窓に顔を近付けて、その光景を眺めていた。

「いじめかな」

と訊くと、

「かもね」

と悲しそうな顔をした。

妻も私もいじめられた経験があった。

私はタイヤに穴を開けられたり、サドルを切り裂かれたりしたことがある。

妻は一度も自転車通学をしたことはないというが、小学生の頃、おもちゃの自転車をめちゃくちゃに壊されたことはあったらしい。

心の古傷が疼いた。妻も疼いているのだろう。痛みを堪えているかのような表情で、窓の外を見ていた。

「いじめっこ」たちは笑いながら、さんざん自転車を蹴り付け、遅れて来た少年を小突き、全力で走って視界から消えた。

ゆっくりとした動作で「いじめられっこ」が自転車を起こす。

いつの間にか、少年の傍らに人が立っていた。

鮮やかなピンクのコートを着た、黒髪の女性だった。

十代。そうでなくても二十代前半。そう思えるほど幼く見えたが、彼女の顔はこの距離からでも分かるほど青ざめ、歪んでいた。歯を剝いてさえいる。

怒っているのだ。

少年が自転車を押しながら、駅とは反対側に歩いていった。女性はその後に黙って付いていく。

「なんだろうね、あの女の子」

そう訊くと、妻は驚いたような顔で私を見た。

「女の子?」

「ほら、あの子の後ろ。ピンクのコート」

妻は眉間に皺を寄せると、女性の方をわずかに指差して、

「あのお婆ちゃんだよね? あの白髪の、めっちゃ怖い顔の」

「え?」

「あのコート、ピンクなの? 茶色じゃない? ボロボロでよく分からないけど」

と言った。

今でも妻は、あの時見たのは老婆だった、と譲らない。

# 無題

「今の、聞こえた？」

「え？」

「ドアの、ドアの開く音がしたわ。聞こえなかったの？」

「いや……気のせいじゃないか」

リビングのソファで妻と向かい合って、私は耳をそばだてる。きっと妻の聞き違いだろう。

ただでさえ平静ではいられないところに、この激しい雨だ。何をどう聞き違えてもおかしくない。幻聴を聞いても決して――

きい、ぱたん

玄関で音がした。ドアの閉まる音だった。

私たちは顔を見合わせ、次の瞬間にはソファから跳び上がった。猛然(もうぜん)とリビングを飛び出し、転びそうになりながら廊下の角を曲がる。

真奈美(まなみ)が立っていた。

五日前の六月二十七日、午後四時二十分頃、下校中に友達と別れてから行方が分からなくなっていた、一人娘の真奈美が。

雨でずぶ濡れだった。

高校の夏服も、長い黒髪も水浸しだった。スカートからも鞄(かばん)からも、睫毛(まつげ)からも雨粒が滴っている。普段は桃色の頰(ほほ)は真っ青で、唇に至っては紫色だった。

虚(うつ)ろな目で私を、次いで妻を見上げる。

「真奈美！」

妻が駆け寄った。震える手で両頬に触れる。

「大丈夫？　大丈夫なの？」

「うん」真奈美は弱々しい、掠（かす）れた声で言った。ぼそぼそと続けるが、まるで聞き取れない。

だが妻には聞こえたらしく、目がみるみる潤（うる）んだ。

「ま、まな……」

「ごめん」

わっ、と妻が泣き出した。濡れるのもお構いなしに娘を抱き締める。真奈美も妻の背中にそっと手を回した。

疑問はあった。この瞬間も胸の内に渦巻いている。今何と言ったのか。今までどこに行っていたのか、この五日間何があったのか、何をしていたのか。目の前で抱き合う二人を引き離し、真奈美を問い詰めたい。そんな衝動さえ湧き起こる。

だが、それ以上に嬉（うれ）しかった。

娘が帰ってきてくれて、生きて再び会うことができて、本当によかった。妻が泣いていなければ、自分が泣いていただろう。或（ある）いは叫んでいたかもしれない。無事でよかった、ありがとう、嬉しいよ、真奈美、真奈美――

私は暴れ出す感情を抑え込んで、洗面所に走った。バスタオルを抱えて引き返し、娘に差し出す。妻の肩に顎（あご）を置いた真奈美は、ほんの少しだけ笑みを浮かべていた。安堵（あんど）しているのだろう。いなくなった理由は分からないし見当も付かないが、帰宅できてホッとしているのだろう。

真奈美はバスタオルを受け取ると、頭に被った。妻に支えてもらいながら靴と靴下を脱ぎ、立ったまま足を拭く。それが済むと覚束ない足取りで、バスルームに向かった。目を腫らした妻に手を引かれ、ぺたぺたと弱々しい足音を立てて。

私はリビングに戻った。妻と真奈美の気配や音を、突っ立ったまま聞く。何やら会話している。しばらくしてバスルームのドアがパコンと開き、閉じる。くぐもったシャワーの音がする。

「大丈夫？」と妻。「うん」と真奈美。声はさっきより大きく、力強いものになっていた。

ややあって、妻が戻ってきた。二階にある真奈美の寝室に行ってきたのだろう。真奈美がいつも寝間着にしている青いジャージを手にしていた。

「いいのか、側にいてやらなくて」

「そりゃ付いていてあげたいけど」妻は青ざめた顔で、「大丈夫だって。自分でできるって、真奈美が。お腹も空いてないし、水だってちゃんと飲んでたって」

「さっき玄関で何言ってたんだ？」

「それが……母さんが想像するようなことはされてない、って」

「って、要するに」

「ええ。それに、わたしも大丈夫だと思う。見た限りでは」

妻は意味深なことを言った。こちらが訊ねる前に、

「さりげなく見たの、あの子の身体。傷とか痣とかは全然なかった。そりゃ全身くまなく調べたわけじゃないけど……あとね、悪いとは思ったけど、思ったけど」

「どうした」

「下着も調べたの。あの子がバスルームに入って、ちょっとしてから。変だなってところは全然なかった。前から持ってるやつだったし」

「それは全然……」

「分かってる。分かってるの」妻の声は震えていた。「何の証明にもならないって。でも不安でしょ？　酷い目に遭ったかもって思うでしょ？　五日もいなくなって、こんな風に帰ってきたのよ？　違う？　わたしのやったことって変？　異常？」

「そんなことはない。親として自然な行動だよ」

「でもねえ、何だか違う気がするの、あの子。ううん、絶対違う。おかしい」

「落ち着いて、落ち着いて」私は作り笑顔で言った。「そりゃあ五日も出かけてて、おまけにあれだけ雨に濡れてりゃ、普段とは違ってくるよ。同じ調子だったら逆におかしい」

「そうかなあ。そうかなあ」

　不安がる妻を宥めて、私は二人分のコーヒーを淹れた。妻が強張った顔のままマグカップを傾けるのを見ながら、自分もちびちびと啜る。

　寒かった。凍えるほどではないにせよ、熱い飲み物を抵抗なく飲める程度に、寒気を感じている。すっかり日も暮れたとはいえ、七月でこの寒さはおかしい。

　きっと精神的なものだろう。真奈美が帰ってきたことは嬉しいが、完全には安心できていない。そのせいに違いない。コーヒーの苦味を口に感じながらそんなことを考えていると、大事なことに思い至った。

「そうだ。警察に電話しなきゃ。今この瞬間だって捜索してくれてるだろうし」

「そうね。皆さん心配してくれてたものね。もっとこう、適当にあしらわれるものだと思ってたけど」

「真っ当な人も普通にいるってことだろうね。ええと、どこだ。どこにやったかな」

スマートフォンを探していると、バスルームのドアが開く音がした。いつの間にかシャワーの音が止(や)んでいる。妻が小走りでリビングを出ていく。

廊下に顔だけ出して待っていると、ドライヤーの音がした。それも止んで少しして、真奈美が脱衣所兼洗面所から現れる。元の――いなくなる前の真奈美だった。表情は暗く伏し目がちではある。少し痩せたようにも見える。だが間違いなく真奈美だ。私と妻の娘だ。帰ってきたのだ。

「ご飯は？」

妻が訊ねた。

「寝る」

か細い声で真奈美が答える。

「あの、ちょっとはお腹に入れたら？　何も食べてないんでしょ」

「うん」

「だったら食べなさいな。食べながらでいいから、ちょっとでいいから話してくれる？　どこに行ってたかとか」

真奈美は黙った。

「ねえ真奈美」

「……山に、いた」

「え？」

妻はぽかんと口を開いた。真奈美は眠たげに眉根を寄せると、

「あの……電線の、塔のある」

「三角山のことか？」と私は訊ねた。

「うん」

三角山。正式な名前は知らないが、この辺りではそう呼んでいる。ここから徒歩で三十分ほどのところにある、大きな送電塔の建つ小さな山だった。そうだ。確か此所へ越して間もない頃、まだ幼稚園児だった真奈美に教えてもらったのだ。私や妻がご近所と交流を持つよりずっと早くに、娘は友達を沢山作り、この町の知識を得ていたのだった。

場違いな懐かしさに戸惑っていると、違和感に突き当たる。三角山には送電塔以外、何もないはずだ。ただ形状が周囲の山より鋭角的だから「三角」の名が付いているだけで、遠足やハイキングのコースがあって親しまれている、といったことは一切ない。

「真奈美お前、そんな山に何の用が……」

娘は答えず目を擦った。シャワーを浴びたのに顔色は悪いままで、ふらふらと身体が揺れている。ここで立ち話をするのは最悪の選択だ。

私は道を譲った。真奈美は妻に支えられて階段を上る。私は下から二人を見守った。

リビングに戻ったが落ち着かない。歩き回っていると妻がやってきて、台所で炊事を始めた。飲み物と軽食を枕元に置いておくという。手際よくサンドイッチを作る妻を見ていると、改め

て自分の無力さが厭になった。警察に行った。行方不明者届も出した。だがそれだけだ。真奈美が帰ってから私がしたことと言えば、バスタオルを渡してやっただけだ。

「あんな山なんかに、何でまた……」

妻が呟いた。

「前からあそこ、変な噂聞くの。電気の塔を建てた時、何人も事故で亡くなったとか、その時の工事の人があちこちで野犬の死体を見つけたとか。夜中に白い顔がふわふわ浮いてたとか、誰もいないのに『おはよう』って声を聞いたとか」

「怪談話か。初耳だな」

「あなたに教えるほどのことでもないでしょ。聞いた時はほら、よくある噂話だと思ったし……」

私はうなずいた。子供の頃に住んでいた土地でも、似たような噂は聞いたことがあった。ダムで白骨死体が発見されただの、台風の日に側溝に落ちて行方不明になった児童がいるだの。三角山の話も同じだ。こんな状況でもなければ真剣に受け取ることもない。

サンドイッチとティーポットとカップを盆に載せて、妻は二階へ向かった。静かになったところで、私は警察に電話するのをすっかり忘れていたことを思い出す。そうだ、スマートフォンを探している最中だった。どこだ、どこに置いた。

辺りを見回していると、着信音が鳴り響いた。ドアのすぐ側の電話台、そこに置かれた固定電話の傍らで、私のスマホが着信を告げていた。

普段あんなところには置かないが、動転していたせいに違いない。やれやれ、と電話台に足を向けた瞬間、背中にぞわりと悪寒が走った。みるみる全身に鳥肌が立つ。

恐ろしい想像をしていた。

馬鹿げた臆測を止められなくなっていた。

ずぶ濡れの真奈美。生気のない、顔色の悪い真奈美。

口数は少なく声は小さく、食事も取らずに部屋に引っ込んだ。

あれは真奈美の幽霊ではないか。

あの子は既に死んでいるのではないか。

幽霊とはああいうものだと、子供の頃、怪談話で散々聞いた気がする。こんな風に帰ってくる幽霊を、海外の映画で観た気がする。いや、それをオマージュした邦画ホラーだったか。そしてこの電話は警察からで、真奈美の遺体を発見したことを知らせるものに違いない。発見現場はきっと三角山だ。絶対にそうだ。

いや――そんなわけがあるか。下らない。

無気味で子供じみた妄想を振り払って、私は一歩、電話台に近付いた。また一歩、更に一歩。

二階からは物音一つ聞こえない。妻も戻ってこない。真奈美と話し込んでいるのか。それならそれで構わない。むしろ喜ばしいことだ。

スマートフォンの画面には知らない番号が表示されていた。ビデオ通話のマークも。

電話台のすぐ側で立ち竦んでいた。口の中はからからに乾いていたが、背中は冷や汗で湿っている。膝が笑い始め、胃が持ち上がるような感覚が腹に広がる。

恐ろしい予感を振り払って、私はスマートフォンを摑んだ。

「もしもし」

画面を真正面から見据える。映し出されたのは初老の警官の顔だった。こちらの話を真剣に聞いてくれた、近くの交番の巡査長。やけに狭く白っぽい部屋にいる。彼は挨拶もそこそこに、

「娘さん――真奈美さんが」

そこで言葉を切る。心臓が一際激しく鳴った。

「ついさっき、見つかりました」

ギリギリと胸が痛む。視界が涙で滲む。

「三角山で保護されました。無事です。受け答えもできています」

「……え?」

「生きて発見されたんです。命に別状はありません!」

巡査長は泣き笑いの表情で、声を張り上げた。画面の外から白と黒の影が割り込み、巡査長を押し退ける。

真奈美だった。

青いバスタオルを頭から被って、

「お父さん!」

そう叫ぶなり泣きじゃくる。嗚咽の間に何か喋っているが、全く聞き取れない。

「感動の再会を邪魔して申し訳ない」

巡査長が顔を半分だけ割り込ませて言った。

「山に行った経緯は聞き取りができていません。記憶の混乱も見受けられます。でも、ざっと

見た限りは怪我（けが）やなんかはない。今、救急車に乗っていて、これから病院に――」

言葉が耳から耳へ抜けていく。意味が取りづらくなり、次いで全く分からなくなる。巡査長の顔、真奈美の顔。交互に見ているが酷く遠く感じられる。

真奈美が見つかった。画面の向こう、巡査長の側に存在している。ならば。

帰ってきた娘は、誰だ。

妻は今、誰と。いや――何と一緒にいるのだ。

二階で物音がした。何かを引き摺（ず）っている。

啜り泣きのような音もしたかと思えば。

ぱしゃぱしゃ、と水気の多い音もする。

いつの間にか廊下に出ていた。

どす黒い染みが板張りの床に、等間隔で並んでいた。玄関とバスルームを結んでいる。腐葉土のような臭気が鼻を突いた。二階の物音はますます大きくなっている。

ふらつく足で階段に辿（たど）り着く。見上げたと同時に息を呑（の）む。

階段は真っ赤に濡れていた。

踏み板も壁も手摺りも、血でてらてらと光っていた。

「あ、あ……」

「おはよう」

やけに甲高い声がした。

二階の四角い暗闇に、真奈美とは似ても似つかない、男か女かも分からない白い顔が浮かんでいた。

# 夢殺

わたしが夢を見るようになったのは、小学校五年生の秋からです。

きっかけは、同じクラスになった東山さんと高橋さんに目を付けられたことです。最初は軽い感じで、四月の終わりくらいから、上靴を隠されたり、習字道具を隠されたりしましたが、それからちょっとずつ、ひどくなっていきました。先生の見ていないところで、腐った牛乳の染み込んだ雑巾で顔を拭かされたり、休み時間にトイレで、便器の水を、飲まされたりしました。服を脱がされて、裸の写真を撮られそうになったけど、それだけは嫌だったので抵抗したら、クラスで人気のない、山内くんや鴫沢くんが好きだと噂を流されたり、わたしと二人が変なことをしている写真を、アプリで作られてバラまかれたりしました。

　九月いっぱいは頑張ったけど、十月から学校に行けなくなりました。自殺しようとしても親に見付かって、部屋で泣きました。そうしたら夢を見ました。森か山のようなところで、東山さんと高橋さんと、担任の樋口を、バットで殴り殺す夢です。オモチャのバットを握ったこともほとんどないのに、わたしは有刺鉄線を巻き付けた金属バットを振り回して、器用に、めちゃくちゃに、三人を殺していました。その間は冷静でした。どこをどう殴ったら一番いいか、それだけを考えていました。スッキリしたのは目が覚めた時です。ざまあみろと思いました。

　そうしたら、夕方、お母さんがダッシュで仕事から帰ってきて、

「あんたのクラスの先生と生徒が、殺されたみたいよ！」

　と、大きな声で言いました。

　その後に少しずつお母さんに聞いて分かったことですが、殺されたのは東山、高橋、樋口の三人でした。三人は前日の夜に一緒にどこかへ行ったそうです。そして次の日の昼過ぎに、学

校の裏山で、ハイキング中のお年寄りたちに発見されました。

三人とも全身の皮膚が裂けていて、骨が折れていて、顔はぐちゃぐちゃに潰れていた。側には、有刺鉄線が巻かれて、ボコボコに折れ曲がった、血まみれの金属バットが落ちていたらしいです。

夢のとおりでした。

三人の殺され方は、わたしが見た夢のとおりでした。

怖かったけど、その時は、ただの偶然だと思って、そこまでもなかった。正夢という言い方が合っているか分かりませんが、その時はそうだとも感じました。


次は中学に入った時です。

クラスの菊池という男子が、わたしにつきまとうようになりました。わたしの机の中にゴミや気持ち悪い写真を入れたり、下校中に付いてきたりしました。担任の中垣に相談したけど、「菊池がそんなことするわけあらへん」と相手にしてもらえませんでした。菊池は陰気で友達はおらんけど、自分の世界を持ってるから、ストーカーなんかせえへん、はっきりした証拠もないのに決め付けんな、と、逆に怒られました。

そしてまた夢を見ました。

車に乗って、菊池と中垣を轢く夢です。夢の中のわたしは何回もバックして、前進してを繰り返して、念入りに二人を轢いていました。タイヤとアスファルトの地面に挟まれた二人が、メリメリバキバキと潰れるのが、車のシートを通してわたしの身体に伝わりました。

その次の日、二人は車に轢かれて死にました。運転手はすぐ逃げて、見付かっていません。現場に残された車も、ずっと昔の盗難車で、何故そこにあったのか分からないらしいです。二人は何回も轢かれて、ぺしゃんこでした。

スッキリしたのは最初の最初だけでした。そのうちわたしは、最初の時よりずっと怖く感じました。

決定的だったのは、お母さんが死んだ時です。

その晩、わたしはお母さんと喧嘩（けんか）をしました。わたしがいじめられた時に相談しても、自分とお父さんの立場のことばっかりで、娘のことは考えてなかったやろ、と、初めて自分の気持ちを伝えましたが、お母さんは最初はオロオロして、それから泣いて、自殺すると騒いで、最後はうやむやにされました。わたしも泣いて部屋に引っ込んで、寝てしまいました。

そして夢を見ました。

行方不明になったお母さんのバラバラの死体が、隣町のI公園のあちこちで発見されたのは、その一週間後のことでした。夢の中のわたしは、お母さんを生きたまま切り刻んでいました。知らない工場みたいな場所でした。わたしが夢で捨てたのと同じところで、肉片や骨の欠片（かけら）が見付かりました。

正夢じゃないと思いました。わたしが見た夢のとおりに、人が死ぬ。そう分かりました。大嫌いだけど大好きだったお母さんが夢のとおりに死んでしまって、ただ嫌いな人だけを殺す夢じゃないことも分かりました。

わたしは寝るのが怖くなりました。

でも油断すると眠くなります。だからわたしは、眠くなると爪の間にシャーペンの先を入れたり、それで爪を剝がしたりして、寝ないようにしました。必死で起きました。それも難しくなって、剃刀で頰を切りました。消毒とかをしないでいると、痛みが続いて丁度いいですが、膿んで熱が出ると意識がぼんやりして、うっかり夢を見て、それで親戚の叔母さんが大怪我をしました。芸人のパブロ桑守が死にかけました。わたしがとどめを刺す最後の最後まで夢を見ていたら、絶対二人とも死んでいた。わたしはその親戚の伯母さんはどちらかというと好きな方です。パブロ桑守はたまに配信のゲストとかで見かけるだけで、好きでも嫌いでもありません。

そんな二人が夢と同じ大変な目に遭って、ますます眠らないでいようと思いました。


お父さんが家に戻ってきて、傷だらけのわたしを見付けました。わたしはお父さんに病院に運ばれて、それからいろんな病院を転々として、今はまた、こうして家にいます。十代の精神のことに詳しい、露畑先生が往診に来てくれるようになって、だいぶ落ち着きました。

最近は人を殺す夢を見ません。誰かが死ぬ夢も見ません。楽しい夢を見ることもありませんが、ただ訳が分からないだけの、夢っぽい夢を見ているみたいです。部分的に覚えているだけなので、はっきりとは分かりません。誰かを憎いと思ったりすることもないです。お父さんが戻ってきた時は、「こんなことになるまで、なんで帰ってこなかったんだ」とも思いましたが、今は思いません。

露畑先生の力を借りて、普通に寝られるように、毎日毎日を生きていこうと思います。

※　※

娘は……

娘がああなったのは、私に原因があると思います。いえ、あります。あの子の苦しみに気付くことすらできなかった。全部、妻に押し付けていた。それで何の問題もないと思っていた。典型的な丸投げですよ。

ですから私がしているのは贖罪、償いです。

泥縄だ、付け焼き刃だ、何もかも手遅れになってから颯爽と現れ良き父親を演じているだけだ……どんな批判も受け入れます。何故なら実際にそうだからです。私は父親失格です。

ですが、他に何ができるでしょう。

今は娘の側で、娘を支える。それだけです。

一連の変死？

分かりません。整理が付かない。

そもそも「一連の」と括っていいんでしょうか。それは娘の……娘の病ありきの表現ではありませんか。恐ろしい、痛ましいことが、ここ何年かで何件も起こった。被害者の中には私の妻もいた。私が事実だと確信しているのは、この二つだけです。

※　※

覚えていないだけで、人は毎晩夢を見ます。

彼女だって、こうなる前からそんな夢を見ていた可能性は高いし、今も見ているはずです。

ええ、そう。ただ記憶していないだけです。

そうです。勿論。当たり前です。

「現実の人間をも殺してしまう夢」なんて、彼女の妄想ですよ。お渡しした手紙、ご覧になりましたよね。ええ、本人はああいう風に、事件を受け取っているんです。私に語ってくれた内容と概ね一致していますよ。

彼女が罹っているのは、非常に珍しいタイプの睡眠恐怖症でしょうね。よくある睡眠恐怖症は「眠っているうちに死ぬ」ことが怖くなって寝るのを拒否するのですが、彼女は違う。

原因ですか。断定はできませんが、罪悪感ではないでしょうか。

自分を苦しめた人間を殺す夢を見た。そしてスッキリした。そのことに対する罪の意識がある。ええ。優しい子なんです。自分が負の感情を抱えることに耐えられない。

潔癖すぎる？

まあ、そう形容できなくもないですが、私個人としては、そういう悪意のある表現は好みませんね。

状況ですか。一時期に比べればマシですが、健康でないのはお分かりでしょう。杖無しでは歩けない。生理も止まっている。歯もボロボロだ。顔の傷だって完全に消すことはできないでしょう。

何より、赤の他人と関わるのを避けている。ええ、知ってしまえば夢見てしまうから。また殺してしまうから。そういう理屈ですね。単身赴任で疎遠だった父親とも、上手く関わりを持てずにいる。

公平に見て父親は誠実ですね。困難を抱えた娘に寄り添い、支えている。これまで母親に娘を任せっきりにしていたことを悔やみ、親としてのつとめを全力で果たそうとしている。万全なサポートと言っていいでしょう。

でも、難しいですよ。こうした妄想を取り払うのは。私ども医師は、患者との信頼関係を構築しながら、時間をかけて地道に治療を行います。邪魔なものを、むしろ有害なものを、一つずつ遠ざけながら、ね。

ええ、そうです櫻井さん。

大変申し訳ありませんが、予定していた彼女への対面取材は中止とさせてください。それ以外の取材もお断りします。下世話な記事を書かない、彼女を好奇の目に晒さない――当初してくださった約束が信じるに値するのか、疑問に思えてきましてね。

調べさせていただきました。これまで色々と、問題を起こしてきたそうですね。単なる炎上では済まないトラブルを複数抱えていらっしゃる。筆名を変えたくらいで騙せたとお考えですか？　どうも私どもを田舎者だと侮っていらっしゃるようですね。

どうぞお引き取りください。

そして以降のご連絡、ご訪問、全てご遠慮ください。

※　※

はいどうもー、未解決事件調査ユーチューバーの櫻井ガックンです。はい今日もね、頑張ってやっていきたいと思うんですけど。

前々回の配信でですね、T県C町の事件について調査報告するって告知してましたよね。そうです、あの連続変死事件。小学生二名、中学生一名、小学校教諭中学校教諭各一名、それからパート主婦一名。以上六名がグロテスクな死を遂げ、事件か事故かも分かっていないという、あの謎の事件です。

それなんですけど、結論から言いますと。

中止します。

えー、調査は中止になりました。

自分の力不足もあるんですけど、あるんですけど。

ちょっとだけ愚痴らせて。

別にさ、臆測で犯人を名指しして個人情報バラ撒こうとか、そんなことするつもりはさらさらないのよ。それ普通に人としてアウトだし。あと勿論さ、遺族にマイク突き付けてコメント取ろうとかもないわけ。そんなクソワイドショーみたいな真似するわけないじゃないですか。

ただ単に。

ただ、単、に。

面白い感じの関係者がいたから取材しようとしただけですよ？　なのに拒否されちゃいまして。

未成年ならいざ知らず二十歳(はたち)ですよ、二十歳。

もう大人なの。取材を受けるかどうかは本人が決めることなの。作文っていうかさ、手紙もくれたわけ。それはもう取材受けるって言ったのと一緒じゃん？　これ参考に取材してくださいってことじゃん。それを周りが囲って前言撤回、取材中止って……は？　え、マジで何なの？

これだから田舎は。田舎の連中は。

他所者(よそもの)を排除するからなあ、あいつら。だから事件に尾鰭(おひれ)付けるヤツが後を絶たないんですけど。だから俺キチンと状況を伝えようとしたんですけど。

はああー。

マジで意味分かんねえ。

ディレクター時代の話とか持ち出されても。アレはテレビ業界の構造的問題で、それを打破するためのコレですよ。その辺も説明したんだけど、いやあ、全っ然伝わんなかったなあ。シャッターガラガラ。

ふううー。

愚痴でした。

まあ、気を取り直して、いっこいっこ、やれることやっていきましょうってことで。はい。

はい、というわけでですね、次の事件は――

※　※

**櫻井ガックン遺体発見**
**人気オカルト系ユーチューバー**

Q県警は六日、Q県P川河川敷で発見された人間の頭部、胴体、手足が、いずれも櫻井岳斗（がくと）さん（29）のものであると発表。遺体は著しく損傷していたがDNA鑑定で本人と断定された。櫻井さんは元テレビディレクターで、近年はユーチューバーとして主に不思議な事件や未解決事件を扱った動画を配信し活動。若い世代から支持を集めていたが、関係者からプライバシーを侵害されたと相次いで告発されており、警察は調査過程で何らかのトラブルに巻き込まれた可能性もあるとみて捜査を進めている。

※　※

「またや。またわたしのせいで……」

——ちゃうよ。君が悪いんちゃう。君の夢が悪いのんともちゃう。

「悪いよ。わたしが夢を見たから、あの櫻井ナントカって人は」

——なんでそう思うん？

「…………」

――先生に教えてほしい。

「一緒やもん。ニュースで言(ゆ)うてたんと、わたしが見た夢と」

――一緒言うても、ニュースはそんな詳しくはやらへんやろ。何となくイコールで結べそうなとこだけ拾い上げて、一緒や何やて盛り上がってるだけや。ぜんぶ君の考えすぎや。

「じゃあなんであの人、あんなバラバラになったん？　犯人、捕まったん？」

――まだ死体が発見されて半月かそこらやで。そう簡単に捕まるかいな。

「焦げた痕(あと)もあるって言うとったやん」

――…………。

「ビッシリ穴開いてたって」

――どこでそんなこと聞いたん？

「お父さんの買った週刊誌。古本回収から拾ってきてん。まさかわたしがそんなとこ漁(あさ)るとは思てなかったんやろ」

――（溜息(ためいき)）

「一緒や。わたし、夢であの櫻井さんて人、殺してん。工場でな、手術台みたいなとこに縛り付けてな」

――言わんでもええよ。

「そんでな先生、千枚通し、分かる？　たこ焼きひっくり返すみたいなやつや。それのぶっといので、刺すねん。手ぇも、足も、お腹(なか)も、目ぇも。痛がるだけで全然死なへん。あの人、叫んでたわ。殺さないでくださいって泣いて頼んでたわ」

――もうええて。

「わたしはそこに犬を放した。野犬や。何匹もや。凄いで。みんなガーッて群がって食いよるねん。身体に開いた穴を嚙んで広げて、鼻突っ込んで、掻き回して引き千切んねん。あの人……あの人の悲鳴がな、凄いねん。人間とは思われへん。ぐちゃぐちゃ音する中で、ずっと叫んでんねん。わたしはそれを聞いても何とも思わんと、淡々と次の仕事に取りかかる」

――やめなさい。

「ガソリンや。ガソリンかけたった」

――やめなさい。

「そこに……そこに、生きたまま」

――やめなさい！

「言わせてよ！　そんで先生が否定してよ。単なる偶然や、夢と何の関係もないって言うてよ！　それが先生の仕事やろ！」

――…………。

「先生……」

――悪くない。君は何も悪くないよ。

「ああ、あ……ああああああーっ！」

――悪くない。悪くない。君は何も悪いことしてへん。大丈夫や。悪い夢を見ただけや。それだけのことや……。

# 冷たい時間

## ■ くみたん

「あはは、お前変わんねーな、ダメなとこが」

「そうかなあ」

「ふふ」

タケル君が、ヤノッチの頭をはたきながらダメ出しをすると。

ヤノッチが、笑いながら申し訳なさそうな顔で自問して。

やりとりを見ていたしおりんが、静かに微笑む。

わたしの胸が、懐かしさでいっぱいになる。

地元のチェーン居酒屋「甚吉」に、十二年ぶりに集まった、鶯中学三年五組の仲間。

タケル君と、ヤノッチと、しおりん。いつの間にか仲良くなっていた。打ち解けたきっかけは思い出せない。高校はみんなバラバラで、いつの間にか疎遠になった。でも今、こうして久しぶりに集まって、語り合い、笑い合っている。

「お前も結婚して子供作ったら絶対成長するって。俺もさ、育児してると自分が勉強になること多いし」

バスケ部だったタケル君が大きな声で言う。

「ていうか、まず相手がいないから」

ヤノッチがうつむき気味に答えると「作ろうと思えば作れるんだよそんなの」と、タケル君が呆れたように言い放つ。小さなヤノッチがさらに小さく縮こまる。

「で、出会いがないとは言ってないよ。実際うち、女の人多いし」

デザイン会社に勤めているヤノッチはスーツを着る必要がないそうで、会社帰りだというのにジャージみたいな服を着ている。黒縁メガネと相まって浪人生のようだ。

「じゃなんで女作らねーんだよ」

若くして食品会社の課長をやっているというタケル君が、太い眉の間に皺を寄せて訊く。

「仕事ばっかしてると、どうしても……」

とヤノッチ。もう頭をはたかれる準備は整いました、と言わんばかりの体勢だ。

腕を振り上げ、十分な「ため」を作ってから、その頭をタケル君がはたく。

「お前はホントに……やっぱあれか、久美のことが忘れらんねーのか」

「えっわたし？」

わたしは驚いてヤノッチを見る。彼がわたしを好きだったなんて初耳だ。

「ヤノッチが？　くみたんを？」

しおりんが訊きながら、タコのカルパッチョの残りを箸でさらう。そのまま一気に口に入れてあっという間に飲み込む。本当はヤノッチのかつての恋路なんかより、目の前の食事のほうが気になるんだろう。わたしは彼女のそんなところが好きだ。

「昔の話だよ。見てるだけだった」

ヤノッチがつぶやいてまたうつむく。タケル君は複雑な顔でそれを見ている。わたしは嬉しいような、悲しいような、切ないような悔しいような気持ちになる。もちろんヤノッチにかける言葉なんか全然思いつかなかった。

「そうなんだ」

しおりんは相槌を打って、カレイの唐揚げに手を伸ばした。

タケル君が一気にグラスをあおり、

「そういうお前はどうなんだよ栞」

「あっ、それわたしも聞きたいな」

タケル君につられて、わたしはしおりんを見る。彼女はカレイをばりばりと噛みながら、

「旦那が初恋」

「わー、なんかイイね」

「いやいや、その返しはねーわ。一番つまんねーパターン」

「ホントだからしょうがないじゃん」

しおりんは涼しげな目で言った。ショートボブで中性的な顔立ち。仏頂面だけど優しい表情。中学の頃と全然変わらない。でも大人だ。スーツを着て襟を立てて、建築会社で働いている、立派な社会人だ。

わたしは改めてみんなのことを観察する。タケル君は丸刈りじゃなくなっていて、ところどころ白髪が目立つ。ヤノッチはあの頃よりは背が伸びたし顔も大人になった。顎ひげなんて昔はなかった。

変わらないところはあるけど、やっぱりみんな変わったのだ。わたしとは大違いだ。

「来年の春の新商品でさ、俺、大がかりなコラボ企画してるんだよ」

タケル君がスルメの一夜干しをつまんで言う。

「コラボってキャラとか？　ボカロとコンビニでやってるよね」

しおりんが訊く。

「いや、車とステーショナリーとアパレル、あと映画。単なる限定モノとかじゃなくて、本格的にこう、メーカーとがっぷり組んで共同開発しようと思ってて」

「へえ、すごいね」わたしは思わず口にする。

「企画通すのがまず大変そうだね」とヤノッチ。

「社内の根回しは終わってるっつうの。あとメーカーと代理店の担当とも仲良くなってるし。こういう時に社交性は大事だな」

「さっすが」

ヤノッチが言った。タケル君は間髪容れずに、

「人間嫌いのお前とは違うんだよ。俺やっぱ人が好きだし」

「いや、別に嫌いなわけじゃなくて、あんまりベタベタするのが――」

「うるせえ」

「ははは」

しおりんが笑って、残り少なくなっていたレモンサワーを飲み干した。

お会計はタケル君がお札、ヤノッチが細かいのを出した。「ほとんど俺飲んでたろ。気にすんなよ」とタケル君はコートを羽織りながら笑った。白い歯。笑うと少し泣き顔みたいになるところ。

あの頃の、タケル君に対する思いがよみがえる。

大好きだった。ちゃんと伝えて、ちゃんと付き合ったりもした。ほんの一瞬だけ。

とても悲しい思いもした。

辛かった。死ぬほど辛かった。みんなには内緒だ。二人だけの秘密だ。今も。

わたしはタケル君を見る。タケル君は白い息を吐いてわたしの方を見る。もうすぐ春だというのにまだ外は寒い。大きな身体を縮めながらタケル君が言った。

「じゃ俺ら駅だから。栞は……」

「歩く」

しおりんが言うと、ヤノッチがきょとんとした顔で、

「あれ、まだ実家だっけ。ってことは二世帯？」

「まさか。普段なら駅だけど、酔い覚ましたいから」

「持久力あるなあ、相変わらず」

ヤノッチは大げさに感心して咳き込む。寒さがこたえるらしい。

「じゃーおつかれ」「おつかれ」「おつかれさまー」「おつかれさま」

しおりんは商店街の奥へと歩いていく。タケル君とヤノッチが楽しげに話しながら駅に向かう。その背中を追いかけて、わたしはさっきまでの同窓会を振り返る。

今日は楽しかった。みんなと会えて本当によかった。

わたしは心から思った。

## タケル君

しわくちゃのシャツを着て着古したスラックスを穿き、ネクタイを締めていると、樹里が起きてきてダイニングに現れる。直前に気配を察知して俺は顔を背ける。樹里の顔はきっと疲れ果てている。分かり切っているから俺はもう樹里の顔を見ない。

樹里の恨みがましい声がする。

「今日も遅いの」

「ああ、中学の同級生たちと飲んで来る。ヤノッチ——矢野とか。知ってるだろ」

俺が言うと彼女は静かに、

「正直に言えばいいのに——女だって」

とつぶやいた。

俺の身体に緊張が走り、頭の中で火がくすぶり出す。

「女なんかいねーよ」

「うそ……大久保に、いるんでしょ？　二十一歳で、キャバクラに勤めてる人が」

なぜ樹里は優奈のことを知っているのだろう。時計を見ると七時半。今日も朝食を取る時間はない。俺はブレザーを羽織りコートと鞄を抱え、樹里を押しのけるようにしてダイニングを出る。廊下の両サイドに満杯に詰まったゴミ袋がひしめき合っていて、歩くたびにスラックスやコートや鞄がこすれてガサガサと耳障りな音を立て、すえた匂いが鼻を通り過ぎる。

「ゴミ、捨ててきてくれないかな……」

立ったまま革靴を履いていると、背中に泣きそうな声が刺さり、俺は溜息を吐く。

「家事はお前の担当だったはずだ」

「でも」

「お前が捨ててくれれば済むだろ」

知らない間に大きな声を出していたらしい。玄関脇の寝室から「ぶえ……ぶえええぇ」と泣き声が聞こえ始めた。不快な泣き声はどんどん大きくなっていく。樹里を睨むと彼女は涙目ですがるような視線を俺に投げかけている。耐え切れなくなって俺は口を開く。

「康介を黙らせろ。今すぐ」

樹里が泣き顔を歪めて片頬だけで笑う。

「……もう我慢できないの？　わたしは家でずっと、毎日、これ聞いてるんだよ」

「お……お前の育児に問題があるんだろ」

「そうね。そうだよね。じゃあタケルは？　タケルは仕事、問題なくできてる？」

「何が言いたい？」

「いま、どこの部署で何の役職で、何してるんだっけ」

「前に言ったろ。企画課の課長で――」

「それ、杉浦君じゃないの？　わたしと同期の」

そう言って樹里は俺を見つめたまま、靴箱の上に手を伸ばす。バリ島土産の神様の置物のそばを探り、そこにあった白い紙きれを指先でつまむ。見覚えのある黄緑と白のデザイン。うちの会社の名刺だ。樹里はその名刺を俺の顔の前にかざす。

名刺には誇らしげにこう書いてあった。

【鶴亀食品株式会社　横浜本社　第一製菓部　企画課　課長　杉浦慎吾】

俺の手が、肩が震え始める。頭が燃えるように熱い。康介の泣き声が脳に突き刺さる。

「お前、杉浦と――」

「まさか」

樹里はまた少し笑う。涙が頬を伝う。

「タケル――名刺、見せてくれないかな」

「いや、待て、これには事情がある」

「ねえ、ほんとはどこで何やってるの」

「聞け樹里！　杉浦と俺の名前が印刷屋のミスで、入れ違っ――」

「それでわたしを騙せるって本気で思ってんのかお前？」

樹里は目を見開き、震える低い声で言った。

俺は樹里の顔面を思い切り殴った。

樹里が呻き、康介が泣き叫ぶのを背中に聞きながら。俺は家を飛び出した。

駅へ至る大通りに差し掛かった頃には呼吸は落ち着いていた。朝日を浴びて、駅前の少女の銅像が鈍く光っている。俺はそれを撮りＳＮＳにアップしてコメントを書き添える。

〈清々しい朝の空気に身が引き締まる思い。今日も進む。一歩ずつ、前へ前へと〉

満員電車に揺られて俺は大切な家族のことを思う。あんなに愛おしい妻に俺は手を上げてしまった。罪悪感で心がいっぱいになる。後悔で胸が張り裂けそうになる。

今日はケーキでも買って帰ろう。
俺は家族を心の底から愛している。誰よりも。

正午まであと五分というところで嶋本(しまもと)係長が俺を呼ぶ。俺は「はいっ」と答え席を立ち嶋本のところへ小走りで向かう。

「考課表の自己採点のやつ、君だけ未提出だけど。もう書けてるよね」

「いえ、まだです」

俺が答えると嶋本はいつもの呆れた顔になって言う。

「もう二月だよ？　何やってたの？」

「その、別の仕事にかかりっきりになってたもので……」

「何の仕事？」

「企画書を書いてました」

嶋のあちこちから「はぁ」とか「ちっ」という音がし、嶋本も長々と溜息を吐く。忙しい仕事の合間に企画書を書く、俺の上昇志向に嫉妬しているのだ。相手にしているヒマはない。

「すぐ書いて、すぐ」と嶋本が言う。俺は小声で返事をしてそのまま昼食に向かう。

食事から戻ると机に戻り、引き続き企画書に取りかかる。

夕方になって企画書の体裁がだいたい整ったところでプリントアウトして、それを持って階段で一階上のフロアに向かう。ドアを開け、一直線に、部長の席へと急ぐ。

第一製菓部部長の瀬尾(せお)はちょうど電話を終えたところで、俺は声をかける。

「瀬尾部長、企画書を書いたのですが、正式に提出する前に一度チェックを……」

温和だが引き締まった顔に笑みを浮かべ、瀬尾は驚く。すぐ隣の席で、かつての樹里の同期・杉浦がペットボトルのお茶を飲んでいた。

「えーと、きみ……庶務の三上君、が？」

「はい、こちらになります」

俺は企画書を両手で差し出す。瀬尾は優しい顔をさらに優しくして、

「すごいね。しかし、草案ならわざわざお越しいただかなくても、メールで全然……」

「いえ、入魂の企画ですので、是非ともご拝見いただきたくお越しいたしました」

杉浦が不意に激しくむせる。瀬尾は満面の笑みで「謹んで拝見しますよ」と企画書を受け取る。「ありがとうございます」と俺は身体を折って礼を言った。

五時になったと同時に俺はパソコンの電源を落として席を立つ。中学時代の親友たちに久しぶりに会えるのだ。嶋本が聞こえよがしに大きな溜息を吐いたが、気にせずにタイムカードを押し、俺はオフィスを出た。

「甚吉」は大学時代にサークルの連中と入り浸ったチェーン店だが、中学の面子と飲むのは初めてで、二重の懐かしさに打たれて乾杯の音頭まで大きくなった。

「タケル君はなんか――元気そうだね。仕事大変なんじゃないの」

栞がサラダを取り分けながら訊く。俺は「忙しいと逆に元気になるよ」と答える。

「すごいね。大人だね」と栞。

「まあ家庭持つと、男はすべからく大人にならざる終えないっつうか」

栞はサラダをバリバリと豪快に食べつつ「ふふ」と笑う。

ヤノッチはチャンジャをつつき、ちびちびと熱燗でもやるようにビールを飲んでいて、俺は声をかける。

「前言ってた子とはどうなった？」

「え、前って？」

ヤノッチが呆けた顔で訊き返す。今日の面子の中でヤノッチとだけは、たまに連絡を取り合っていたが、今に至るまでこの男の非社交的なところは改善されていないらしい。

「あれだよお前、イベント会社の、年上の」

「駄目だったよ。なんか連絡来なくなって」

「は？　じゃあデートとかは」

「映画観たよ。『ブラッドプール・マーダラー』っていうやつのレイトショー」

「それあれでしょ、血とか凄いやつ」

鶏もつ煮込みを食べながら栞が口を挟む。

「うん。そしたら終わってすぐ『帰る』って」

らしいと言えばらしい顚末に俺は笑い、

「あはは、お前変わんねーな、ダメなとこが」

と、ヤノッチの頭をはたいた。

ささやかで楽しい同窓会がお開きになり、途中までヤノッチと電車で語らい、残りは一人で一抹の寂しさを噛みしめ、駅前のコンビニでケーキを買い、俺は家に帰る。

暗くて静かなマンションのロビーに入り、エレベーターで上昇し、玄関を開けると不意に視界が白く霞み、俺は驚く。

それは湯気だった。廊下の途中にある浴室からドドドと湯が出る音が聞こえた。樹里が風呂に湯を張ってそのまま忘れているのだ。康介をあやしているうちに寝てしまったのだろう。水道代の無駄だ。厳しく言っておかなければ。ゴミ袋を踏みつけ、蹴飛ばし、俺は居間へ駈け込む。

居間のソファの上で毛布にくるまって康介が寝ている。樹里はいない。和室には洗濯物が積まれているだけで誰もいない。再び廊下を走って寝室の扉を乱暴に開ける。やはり樹里はいない。水音が耳障りになって俺は浴室へ向かい、少し開いている扉を引き開けた。

もうもうと湯気が立ち込める中で、浴槽からは湯が溢れ、その中に左手を突っ込み、座り込んだ姿勢で、朝と同じスウェット姿で、樹里が死んでいた。

浴槽の縁にもたせた顔は蠟人形のように真っ白で、口は少し開いていて、目はどこも見ていない。床に突いた右手の少し先で、包丁が光っていた。刃と周辺の湯にはうっすら赤い軌跡。湯船に浸かった左手の手首に大きく切り裂いた痕があり、そこから血がうっすらと湯に溶け出している。湯船の湯はほんの少しだが茶色い。真っ赤に染まっていないところを見ると、血はあらかた流れ出てしまったのだろう。

俺は蛇口を捻ることもせず、濡れた靴下を脱ぐこともせず、居間を歩き回って康介の寝顔を見、写真を撮ってＳＮＳにアップした。

〈息子の寝顔。仕事でどんなに疲れていても、この表情を見れば元気になれる〉

俺はしばらく床に座り込んで放心する。再びＳＮＳを見ると、「イイね！」が何件か付いていて、今は九州で働いている大学のサークルの後輩がコメントを書いている。

〈カワイイ！　いいなー奥さんともうまくいってるし。うちは毎日ケンカっすよ〉

俺はこうコメントを返す。

〈すべての問題はコミュニケーション不足に始まる。言葉と行動で示せばきっと、お互いの理解と敬意は深まるはず。会話あるのみ〉

康介の寝顔を見ながらシメにもう一杯ビールを、と台所に向かうが、俺はとうとう耐え切れなくなって冷蔵庫の前でうずくまった。

ダメだ。何をやってもどう自分に言い聞かせても、どんなポジティブ思考でも無理だ。

俺はもう、これ以上、俺自身を騙せない。

嗚咽が口から漏れる。目を押さえても涙が止まらない。

俺は人生に失敗した。俺は生き損なったのだ。

どこで間違えたのだろう。中学までは上手くいっていたのだ。どう考えても。

あんな高校を選んだ時か。あんな大学を選んだ時か。あんな会社を選んだ時か。あんな女と結婚を決めた時か。あんな子供が出来た時か。

いや。

俺は忘れようとしても忘れられない女の顔を思い出す。俺を愛し、俺を敬い、俺に尽くした彼女を、俺は――。

どん詰まり、とはこういう状況を言うのだろう。冷蔵庫の前で身体を丸くして泣いていると、スマホが鳴る。着信だ。画面に表示されているのは「矢野 直明（なおあき）」の文字。

「あの、さっき、ちょっと元気なさそうだったから、気になって……」

スマホの向こうで言葉を選ぶようにヤノッチが言う。俺は静かに答える。

「そう見えたか、お前には」

すべてをぶちまけてしまいたい衝動にかられる。俺は妻と息子を日常的に殴り、そんな妻は今日自殺し、会社では底辺で――。

「バカだなーお前。悩みとかあるわけねーじゃん。むしろお前だろ、相談しないとヤバイのは」

「あ、いや」

「俺に相談したいことあるんだろ？」

「いや、ないよ。でも、大丈夫そうで安心したよ」

「まあ、何かあったら相談してやるよ」

「うん。ありがとう。今日は、楽しかったよ」

電話を切ると康介のぐずる声が聞こえた。フローリングが冷たい。俺は立ち上がって台所を眺める。

そうだ。俺は悩まない。生き損なったのなら終わらせればいい。

そして愛する息子に不幸になってほしくもない。

樹里。俺もすぐそっちへ行く。康介と一緒に。

俺は引き出しから包丁を取り出して居間へと向かった。

■■■　ヤノッチ

「うん。ありがとう。今日は、楽しかったよ」

通話を切ると同時に全身から力が抜け、僕は椅子に深くもたれた。安いドラマならここで笑いが込み上げてきて、狂ったように笑い続けるのだろうが、そうはならなかった。

心の中にあるのは虚無感と達成感と確信だった。タケル君はもうすぐ家族ともども死ぬだろう。あの状況に追い込まれ、僕とああいう会話をすれば、彼は絶対に死を選ぶ。

ベランダに出て煙草を吸いながら、僕はこれまでの苦労を思い返す。

五年前。タケル君の会社の人事課に、彼の輝かしい学業と課外活動の経歴が、きわめて疑わしい旨をメールした。状況証拠となる書類を添えて。

三年前から現在まで、タケル君が外に女を作る度にメールで樹里さんに知らせた。タケル君と女がホテルに入る瞬間を押さえた、月並みな写真を添えて。

今日の午後一時。樹里さんに決定的なメールを送った。彼が大学時代、一人の女性を暴行し、妊娠させた挙句に無理やり堕胎させ、アフターケアもなしに棄て、自殺に追い込んだことを知らせる内容だ。死亡記事と女性の顔写真、戸籍の写し、産婦人科の記録とツーショット写真を添えて。

全てをタケル君に直接言いたいと何回も思った。そうする自分を今まで何十回も妄想した。

「裏切ったのかてめぇ」

泣きそうな顔で精一杯凄む妄想の中のタケル君に、妄想の中の僕はこう言い放つ。

「裏切り？　彼女が死んでからずっと、こうするつもりだったよ」

もちろん僕は妄想を実行したりなんかしなかった。同窓会を企画して、死ぬ数時間前の、彼の間抜けな顔を見る楽しみは満喫したけれど。

煙草を空き缶に擦り付けて消し、ゆっくり部屋に入ると、ベッドからもそもそと音がした。金色の長い髪と、子供のような顔、細い首と肩が布団の下から現れる。

「さっさと閉めてよー寒いー」

幼い声でそう言うと、優奈はまた布団に潜った。窓を閉めて椅子に戻ると、僕は優奈の方を向かずに訊く。

「お金は振り込んどけばいいかな」

「うん。三井住友のほうね。今すぐ」

「分かった……振り込んだよ。明日確認して」

僕は椅子を回して優奈を見る。彼女は仰向けになってスマホをいじっていた。

優奈にはずいぶん助けてもらった。タケル君に近付いて仲良くなってもらっただけではない。

二十一歳の若さで反社にも警察にも強力なパイプを持っていて、金さえ払えばあらゆる人員と情報と物品を用立ててくれる。お金には困らないはずなのに、本人はヒマなのが大嫌いで、風俗と水商売とその他もろもろのアルバイトを掛け持ちして、おまけにフリーの売春までやっているそうだ。

結局、勤勉な人間が勝つのだろう。カタギであろうとなかろうと。タケル君に決定的に欠けていた資質だ。

僕は彼の幸福な人生を踏みにじったわけじゃない。壊れかけの人生の、最後の一押しを代行しただけ。

優奈が仰向けのまま「ねー、矢野ちん」と言った。

「そーゆーことやって喜ぶと思う？　死んだ女の人」

唐突な言葉に僕は一瞬戸惑うが、平静を装って訊き返す。

「客の事情には興味ないんじゃなかったの」

「ただの雑談だよ」

優奈は天井を見たまま、「死んだ人に喜んでほしくてやってるわけじゃないよね？」と、さらに訊いた。

「あんなに辛い目に遭ったんだよ。少しは喜ぶんじゃないかな」

僕は少し考えて答える。

「ふうん」

そうだ。そう思えばこの虚無感も少しは晴れる気がする。

彼女は喜ぶだろう。タケル君に死に追いやられた彼女なら、タケル君を恨んでいないはずがない。

不意に優奈が起き上がり、床に散らかった服を拾い始めた。

「帰るの？」

「うん」と優奈はパールピンクの下着を穿く。

「タクシー呼ぼうか」

「いい。終電あるし」

「夜道、危ないよ。この辺、最近、婦女暴行とか、子供が――」

「今日は出ないよ」

「なんで」

服を着てバッグを持ってから、優奈は言った。

「矢野ちんでしょ、そういうことやってんの」

「はは。何言ってるんだよ」

僕が笑うと、優奈はバッグを肩にかけ、こっちを向いた。その顔にはいたずらっぽい笑みが浮かんでいた。

「ＳＤカード、ＰＣに挿しっぱは油断しすぎじゃない？　データ移し放題」

体温が下がるのが自分でも分かった。

「つか、写真とかムービーなんか撮んなきゃバレなかったのにね」

「け、警察に、突き出したり、は……しない……よね」

口から出たのは滑稽な懇願だった。まるで中学生の頃のような口調だった。

「しないよ」

優奈はさらに笑った。

「もう売った。写ってた小学生の子のお父さんに。さっき犯人の住所も教えたから、追加でもう五万入る。もうすぐ来ると思うよ。ゾロ目のレクサスかなんかで」

優奈は長い金髪をかき上げた。

「……僕を売ったんだね」

やっとそれだけ言うと、彼女は数歩下がって憎しみのこもった目で僕をにらみ、

「死ね、ペド」

そう吐き捨て、猛然とダッシュして部屋を出ていった。

部屋に静寂が漂う。パソコンと最低限の家具以外何もない、ガランとした部屋に。

復讐心以外の全てを捨てて生きてきたんだ。子供くらい襲って何が悪い。でもそんな理屈は社会じゃ通用しないし、反社会的な連中にはもっと通用しないだろう。

僕はベランダに出て八階下の地上を見降ろす。黒いレクサスが玄関に停車する。

大好きだった彼女と同じやり方で人生を終えよう。これも運命なのかもしれない。

僕は手すりに足をかけた。

■■■□　哲夫

今日はラッキーだ。急にバイト入れって言われた時は超だりーって正直思ったけど。

始まりは松屋。時間は午後五時半くらいだった。

昨日は朝まで友達と飲んで四時まで爆睡して、起きて風呂入って、適当に服着てチャリで駅前まで行って松屋入ってカレー大盛りを頼んだ。食ってると席いっこ空けて左側にトレンチコートを着た女の人が座った。黒いショートボブで背は普通。年齢はよく分からないけど同じじか

ちょっと上くらい。三十はいってないと思った。

すぐに牛丼大盛りが届いて、女の人は大量のショウガをのっけて物凄いスピードで大盛りを食べ始めた。正味一分半くらいで彼女は空になった丼を置き、味噌汁を一口で飲み干し、大きく息を吐いて箸を置き立ち上がった。顔がこっちを向いた瞬間、オレは反射的に声をかけた。

「すいません、あの、口の——オレから見て左の下らへん、ご飯粒付いてますよ」

指で示しながら小さい声でそう告げると、彼女は表情を変えずに、素早く口元に手をやって指先で米粒を探り当てた。

「どうもありがとう」

米粒を丼に入れ、涼しげな顔を少しだけ微笑ませて、女の人はすたすたと出ていった。

カッコイイと思った。

松屋を出るとスマホが鳴って、見るとバイト先の「甚吉」からで、今日オレ休みだし何の用だろう、今から来いとかそういうのかな、と思って出たら案の定そうだった。

「店長のポケットマネーでバイト代五千円上乗せ、ただし他言無用」でオレは手を打った。店長は嬉しいんだかキレてるんだか分からない口調で「じゃすぐ来て、もうけっこうヤバいからっ」と言って電話を切った。

「甚吉」は六時にしては混んでいた。こりゃヘルプ要るわと納得してオレは働いた。

七時半を回った頃に客足が落ち着いて、テンパってた他の面々も冷静になってきたところで、ガラガラとドアが開いて女の人が入ってきた。

牛丼食ってたあの人だった。ちょうど入口近くにいたオレはビックリしたけど、どうにかマニュアルに切り替えた。

「らっしゃっせー甚吉にようこそー。お客様一名様？」

「あのー『矢野』で予約入ってると思うんですけど」

女の人はオレを見て、一瞬目をぱちくりさせた。オレは最高の笑顔で、

「はい、確認しますので少々お待ちくださーい」

と答えてレジ横に掛けられた予約表を見た。

「——個室の『高砂（たかさご）』ですねー。お連れ様いらしてまーす。ご案内いたしますこちらどうぞー」

ざわめく通路を先導しながらオレは訊いた。

「あの、さっきあんだけ食べてもう飲みって、入るんすか」

失礼だったかな、と言ってから思ったけど、彼女は「ふふ」と笑って、「漫喫（まんきつ）で寝たから大丈夫です」と答えた。ますますカッコイイ。

個室の並びの一番奥「高砂」に案内すると、大柄のスーツの男と、ジャージみたいな格好をした眼鏡の男が隣り合って座っていて、女の人を見ると「おー久しぶり」「久しぶりー」と声を上げた。彼女は二人の向かいに腰を下ろす。一瞬、その顔がふっと曇った気がしたけど、すぐに笑顔に戻って「ごめんね遅れて」と言った。オレは伝票を取り出して訊く。

「お客様、おそろいでしたらお飲み物のほう……」

「ああ、はい、じゃあ——」

ジャージ眼鏡がメニューを開こうとするのをスーツが制止する。

「バーカ最初は生でいいだろ。栞は？」

「一緒でいいよ」

ジャージ眼鏡がそれを受けて言った。

「じゃあ、全員、生中で、お願いします」

「あとこの甚吉サラダと、タコのカルパッチョと、キムチ盛り合わせ下さい」

女の人——栞さんが言い、「はえー」とスーツが笑い、オレは伝票に記入して厨房に向かう。

「高砂三名様おそろい。ドリンク、生三つでーす」

自分の声が弾んでいるのが分かった。今日はラッキーだ。
■■■□□　しおりん

今日は最悪だった。

そこそこ車が走っている国道沿いを歩きながら、わたしは思った。というより、個室に案内された時からずっと思っていた。

あんなにおいのする場所に三時間もいたのだ。よく倒れなかったと思う。

部屋中に立ち込めていた、他のみんなには分からないにおい。お線香と、ろうそくと、灰と、花と、死体のにおいが混ぜこぜになった——。

お葬式のにおい。死のにおいだ。

タケル君が手を振り上げて話すたびに、ヤノッチがビールを注ぐたびに、二人から漂うにおいはますます強くなった。

二人はもうすぐ死ぬのだ。早ければ今日にも。

どうにかしようとは思わなかった。わりと早い段階で、それこそ小学生の頃に、その辺は諦めている。自分だけが見えるもの、聞こえるもの、嗅げるもの、触れるものを、人に伝えるとカドが立つのだ。

まだ生きている人にもうすぐ死ぬよと告げても、嫌な顔をされるだけだ。

もう死んでいる人に話しかけても、何がどうなるわけでもない。

だからもう誰にも何も言わないと決めて、ずっとそうしてきた。今回だってそうだ。二人には黙っていた。友達でも言えないものは言えない。

でも——彼女とは話したい。二人っきりで。

見覚えのある景色が見えて、わたしは国道を曲がる。国道と交差する形で川が流れていて、川沿いをしばらく歩くとコンクリートの小さい橋が見えた。橋のこっち側に大きな柳の木が生えている。根元には近所の人が置いたのか大きな白いプランターがあるけれど、今は冬だから何も植わっていない。

あの日、ここにはベゴニアがいっぱい咲いていたのだ。花の名前は彼女が教えてくれた。

わたしは橋の欄干（らんかん）にもたれて待った。

思ったより早く身体が冷え、やっぱり年取ったな、と思った頃、気配を感じて、わたしは顔を上げた。

柳の木の陰に、青黒い夜の闇よりもっと黒い影が、ぼんやりと見えた。

目の錯覚ではない。ゆらゆらと揺れ、小さくて、手足があって、女の人の形をしている。

わたしは小さな声で言った。

「くみたん」

(――しおりんには、見えてたんだね)

影が言った。少なくともそう言っているようにわたしには聞こえた。

「うん。見えてたし、聞こえてた」

わたしは答える。大橋久美に。くみたんに。

鷲中学三年五組の大切な友達に。プチ同窓会の四人目の参加者に。

影は柳の陰から姿を現す。真っ黒な影。長い髪の輪郭が、かろうじて分かる。

わたしは言う。

「ここに来たいって思ったんだ。くみたんも、来るんじゃないかなって」

(わたしも思ったよ。タケル君とか追いかけてたけど、途中でそう思って)

影は揺らめきながらしゃがむ。プランターを覗き込んでいる。

(あの日はベゴニアが咲いてた)

しばらくして影がささやく。覚えていてくれたことにわたしは嬉しくなる。

そしてすぐに悲しくなる。

影がまた言った。

(陸上大会の地区予選、だったっけ。隣の中学行って)

「うん。わたしは陸上部じゃないけど、先生に言われて。速攻負けたけど」

(そうだ。しおりん長距離速かったもんね、帰宅部なのに)

「くみたんは短距離」

わたしは持久力だけは変にあった。

「帰りに一緒になって、初めて話したんだよ。それで――」

わたしは柳の木を見上げる。一学期の中頃だったような気がする。だから青々と葉が茂っていて、ぬるいような涼しいような風でざわざわと揺れて、

「――ここで、立ち止まって、暗くなるまで話して」

(そうだった。思い出したよ。楽しかった)

影はふらりと立ち上がった。そのままゆらゆらと立っている。わたしを見ているのだ。

わたしは口を開いた。言いたくないし訊きたくない。でもここでこうして話している以上、訊かなくてはいけないことがある。

「なんで、その――まだ、ここにいるの」

(なんでだろうね)

影は――かつてくみたんだった影は、笑っているような、呆れているような声で言った。

(……やっぱり、未練とかかなあ)

「くみたんは、なんで――」

途中で言葉が出なくなる。

大学三年のあの日を思い出したからだ。

学校からの帰り。ヤノッチからの突然の電話。涙も出ないほどのショック。早回しで過ぎ去る時間。黒服の集まり。お線香のにおい。泣き声。憔悴(しょうすい)しきったくみたんの家族。

棺(ひつぎ)の中で動かないくみたん。

「――なんで、死んだりしたの」

影は立ち尽くしている。冷たい夜風が吹いて柳の枝が揺れてぴゅうぴゅうと鳴る。でも影はそよぐこともかすむこともなく、ただゆらゆらとそこに立っている。

（失恋だよ。バカみたいだよね）

影は言った。

（……でも、死ぬほど辛かったんだよ）

黙っていると、影がすっとわたしに近づいて、

（それでもね、今日、最初、ちょっと辛かったけど……）

影の手がわたしの手に触れた。何の感触もない、熱くも冷たくもない手。

（辛いこといっぱい思い出したけど、化けて出てやろうとかちょっと考えたけど、それでも、中学が楽しかったのは「思い出補正」とかじゃなかったんだなあって、思ったよ）

「……そうだね」

それだけしか言えなかった。でも、それだけは確かに言えた。

あの頃は楽しかったのだ、確かに。

「本当に、そう思うよ」

わたしは影を見た。わたしより背が低くて、でも髪はずっと長くて、つぶらな目は少しだけ離れてて、子供みたいにもお母さんみたいにも見える顔が、真っ黒な中に、かすかに浮かんでいる。少なくともわたしにはそんな風に見える。くみたん。

「くみたん。わたし――旦那が待ってるんだ」

（うん）

「タケル君には奥さんも子供もいるし。新しい企画とか」

（うん）

「ヤノッチは恋人募集中だし」

（うん）

「だから、くみたんも、何ていうか」

何をどう言えば正解なのだろう。死んだ友達に、ちゃんと死ぬように言うには、どんな言葉をどの順で使えばいいのだろう。わたしには分からない。

でも、言わなければならないのだ。

「――変わるっていうか、前に進んでみたらいいと思うんだ」

（……うん）

影は言った。

（走るの得意だったしね、わたし。ばーっとダッシュすれば）

「くみたん」

（分かってるよ）

影はわたしから離れて、片手を挙げて、言った。

（同窓会、楽しかった）

わたしは「うん、そうだね」と答えた。

風が吹いて、枯れ葉の屑が顔にかかって、目を閉じたわずかな間に、影は消えていた。ちゃんと死ねたのかどうかは分からない。ただこの場から立ち去っただけかもしれない。でも、未練をうまく断ち切ってくれるといい。

同窓会が楽しかったなんてウソをついてしまったけれど。

タケル君とヤノッチはもうすぐ死んでしまうけれど。

不意に身体を寒さが襲ってきたので、わたしは家へと急いだ。

# 残された日記

○月×日

壁の向こうから音がします。

サッカーボールを蹴って、外壁に当てる音です。ばん、ばんと何度も。音は壁を伝わって、この木造アパートの、この狭い家を揺らします。

外からは足音もします。楽しそうに駆け回って、ボールを蹴っています。時折激しくスライディングをして、土を削る音も聞こえます。

これらは全て幻聴です。

幽霊だ、事故物件だ、などと書かないのは、もう自分が正気を失っていると分かっているからです。

幻の音を聞いていろいろ思い出したことがあるので、日記を書こうと思います。でも、今日はもう遅いのでここまでにします。

○月×日

小学校の時、裏田というやつが同じ学年にいました。同じクラスになったことは一度もありませんでしたが、彼のことはよく知っていました。目立っていたからです。他の学年からも先生からも注目されていたと思います。地元の少年サッカーチームに入っていて、足が速くて泳ぎも上手くて、ドッジボールも強くて、要するに、小学生の価値観では最も尊敬に値する人物でした。顔はボーッとしていていつも口が開いていていて、歯もガタガタでしたが、女子からキャーキャー言われていました。はっきりと日向にいる人間でした。一方で運動ができず、存在感がないと教師にまで指摘される僕はもちろん日陰の人間で、その差は子供の目から見ても歴然としていました。

小学五年の秋、幼稚園の弟と公園でバッタを捕っていると、裏田とその仲間がやってきて、サッカーを始めました。最初、僕と弟は端っこの草むら、裏田たちは真ん中のグラウンドにいましたが、そのうち裏田たちは草むらも使い始めました。ボールが飛んできたら危ないなあと思っていると、案の定、裏田が蹴ったボールが弟の足に当たりました。弟は転びました。裏田たちは何も言いませんでした。コーナーキックがどうとか言って、今度は僕のすぐ横にボールを置いて、蹴りました。その時裏田と肩がぶつかりましたが、彼は何の反応もしませんでした。裏田とその仲間たちには、弟も、僕も見えていないみたいでした。

僕と弟は家に帰りました。弟に怪我はなかったし、バッタも既にたくさん捕れていたのでよかった、何の問題もないと、その時は思いました。

中学に入ると裏田はサッカー部に入り、すぐ二年三年を追い抜いてレギュラー入りしました。ポジションはフォワードです。みんなが話題にするので嫌でも耳に入ってきました。体育の授業でも球技大会でも、プールでも体育祭でも活躍して、喝采を浴びていました。二年の時も三年の時もそうでした。学校はいつしか裏田を中心に回っていました。学校は裏田のもので、校区内にある公園は裏田とその取り巻きがサッカーをするための場所でした。彼らは先客などお構いなしにボールを蹴り、走り回り、踏み荒らすので、他の子供たちは場所を譲らなければならなかったのです。突き飛ばされた小学生の親が裏田たちに怒鳴ったりしましたが、彼らはヘラヘラするか、舌打ちして別の公園に行って、同じことをするだけでした。

裏田のことを好きな女子は常にいました。告白してフラれて泣く子、ＯＫをもらって喜んで、すぐ捨てられて泣く子。常に誰かしらが泣かされていた記憶があります。僕が少し好きだった芦村麻美さんもその一人でした。芦村さんはそれまで頭がよかったのに、裏田に遊ばれて別れてからどんどんバカになって、バカでも入れる高校に進学し、一年の秋に同級生との子供ができて退学しました。だいぶ後になってそう噂で聞きました。

僕は息を潜めて中学生活を送りました。裏田には二年の時に一万二千円貸しましたが、今も返してもらっていません。話したのは「ちょっと金貸してくれへん？」と廊下で頼まれた時だけです。僕は「ああ、いいよ」とそっけなく答えました。いきなり金を貸すよう頼まれたことより、僕が見えていたことの方が驚きでした。

○月×日

高校は隣町のそこそこの進学校Ｚ高校を受験し、合格しました。裏田はサッカーの名門のＨ高校に入りました。スポーツ推薦でした。

進学して半年経った頃、テスト期間でいつもと違う時間に電車に乗って、ドア横で本を読んでいると、裏田の声がしました。声をした方を見ると裏田がいました。同じ制服を着た連中とシートに座って、大きな声で喋っていました。そこへ偶然、別の高校に進学した裏田の小中の友達が乗ってきました。友達に近況を訊かれ、裏田は答えました。サッカー部に入ったもののＥチームから上がれない。顧問からも存在しないものとして扱われる。サッカーが全然楽しくない。学校も何一つ面白くない。ここ最近は遅刻しがちで、試験期間中だがこれからゲームセンターに行こうと思う――

僕は最寄り駅の一つ前で電車を降り、そこから徒歩で帰りました。道に迷いましたが少しも苦痛ではなく、むしろ楽しくて仕方ありませんでした。歩きながら嬉しさを噛み締めていました。

Eチーム。野球で喩えるなら五軍です。

地元を出た途端、彼は何者でもなくなった。僕はそれが本当に嬉しかったのです。

僕はその後、H高校の時間割を調べて、裏田と下校のタイミングを合わせるようになりました。サッカー部に入っている裏田と同じ電車に乗っても不自然ではないように、囲碁将棋部に入りました。そして電車で乗り合わせた彼の様子を観察しました。

裏田は同じサッカー部の同級生二人といつも一緒に帰っていました。いつもだらしなくシートに座って、足を投げ出して、注意されたら舌打ちしていました。友達と大声で喋っていましたが、会話の内容は主に部活への不満、退屈な人生への不満でした。

二年に上がる頃、裏田の友達の一人がいなくなりました。ゴールデンウィークが明けるともう一人もいなくなり、裏田は一人で帰るようになりました。一人の裏田はしょぼくれていて、元々ボーッとした表情は更にボーッと、ドロッとしたものになりました。頰の辺りも中学の頃より弛んでいました。座ったり、立ったりする度に、溜息を吐くようになりました。そして夏休み明け、彼は電車に乗ってこなくなりました。

一年の終わりに一度だけDチームに上がれたものの、すぐにEチームに落ち、ずっとそのままだったらしい。友人との会話で彼の状況は概ね把握していました。そして裏田は自分に資質がないことを悟り、サッカー部をやめたらしい。

裏田の乗っていない電車に乗りながら、僕は喜びに打ち震えていました。勝った、と思いました。その頃僕は、クラスにも囲碁将棋部にも、親友と呼べる関係の人間ができていました。クラスには仲のいい女子もいました。小中学校時代に比べて遥かにのびのびと生きていました。僕の人生は高校から始まったと言っても過言ではありません。それと対照的に、裏田の人生は高校で終わりました。中三がピークでした。あんなに調子に乗っていたのに。我が物顔で公園を使っていたのに。

僕は充実した高校生活を送り、行きたかった大学に進みました。調べたところによると裏田は高二の終わりにH高校を退学し、ガソリンスタンドでアルバイトをしているようでした。

十九歳になる直前、車の免許を取ると僕はレンタカーを借り、裏田のバイト先のガソリンスタンドに給油しに行きました。裏田は顔も身体もぶくぶくに太っていました。薄汚れたパッパツの制服を着て、怠そうに仕事をしていました。もちろん僕のことなど覚えていませんでしたが、彼は「あざしたー」と僕におつりを渡し、僕の車を誘導し、「あざしたー」と帽子を脱いで僕の車を見送りました。

今日で電気が止まりました。暗くなってきたので続きは明日書きます。

○月×日
大学に通ううちに風の便りに知ったのは、小中とヒエラルキーの上の方にいた同窓生が、軒並みしょぼくれた人生を送っていることでした。

野球部のエースだった宮永、バスケットボール部の川畑、サッカー部で裏田に次いで人気があった大倉。みんなスポーツをやめ、学校もやめ、ドロップアウトしていました。僕はいちいち裏を取り、彼らが転落したことが事実だと確かめました。

僕は充実した大学生活を送りました。そのうち地元が嫌になってきました。都会から来た大学の同期に感化されたのもありますが、中学で不良だった連中が二十歳そこそこで子供を作って結婚し、週末は子連れで我が物顔で歩いている、そういう地元がとてもくだらなく感じたからです。東京は輝いて見えました。

自分には可能性があると思っていました。

○月×日

上京して三日目くらいのことを思い出します。夜中にトイレに行くと、外からばん、ばんと音が聞こえました。窓を開けてベランダから外を見ると、アパートの裏の砂利道に、裏田がいました。

小学六年の時の裏田でした。外灯の下でリフティングをしていました。僕が呆気にとられていると彼はボレーキックをして、ボールがこちらに飛んできました。思わず目をつぶりましたが、ボールはいつまで経っても僕に当たりません。おそるおそる目を開けると、裏田の姿は消えていました。

○月×日

最初の会社を辞めた日の夕方にも裏田を見ました。その時は中学の制服を着て、楽しそうに、風を切るようにこっちへ歩いてきました。僕はつい道を譲ってしまいました。振り返っても彼の姿はなく、彼と見間違うような人の姿もありませんでした。

今日でガスが止まります。

○月×日

今日で水道が止まります。

助けを求めるという選択肢はありません。

地元にしがみついた両親とも、弟とも、とっくに縁を切りました。今は連絡先すら知りません。調べる気もありません。行政にも頼りません。両親か弟に連絡が行くからです。負けを認めたくない。笑われたくない。

外でボールを壁に当てる音がします。

笑い声もします。声変わりする前の裏田の声です。

○月×日

自分には未来があると思っていました。裏田よりも、宮永よりも川畑よりも大倉よりも輝かしい人生が待っていると思っていました。

でもそんなことはありませんでした。それは当たり前のことで、自分には何もありませんでした。日記を見返してもほとんど裏田のことばかり、裏田への憎しみばかりで、それ以外は空っぽの、がらんどうのような人間でした。

最後に食事をしたのはいつだったか、もう思い出せません。

今、裏田が楽しそうに部屋でドリブルをしています。中学三年の時の姿です。僕のことなど見えていないのでしょう。僕にボールを当て、踏み付け、躓（つまず）くと舌打ちします。

裏田になりたかった。あの頃の裏田みたいに楽しく生きたかった。

それだけのことだったのかもしれません。

さようなら。

# 解説

野水伊織（声優）

どパァん！

これは本書に収録されている『名所』の冒頭と最後に出てくる擬音語だ。目に入った瞬間、岸壁に打ちつける荒波を思い浮かべた。しかし次の行ですぐに、これは飛び降り自殺のイメージ音だと説明される。

「高所から人が落下死する際のオノマトペってどんな音だと思いますか？」と街頭インタビューすれば、大半の人が「ドサッ」「ドンッ！」「ぐしゃっ」などと表現するのではないだろうか。しかしそれを「どパァん！」などと書くのだから、澤村伊智という人は意地が悪い。

それなりに重量のある肉体がアスファルトに打ちつけられる音。通販で注文した品物の入った段ボールを、配達員が手を滑らせて落としたときのような生半可なものではない。

人間が、死ぬ音だ。

しかも〝ど〟と〝ん〟は平仮名で、〝パァ〟はカタカナ。頭なのか足なのか、身体が着地した瞬間は「どっ」と鈍い音がして、直後に肉が弾ける鋭い音が鳴り、最後は全身が叩きつけられ潰れる音になってゆく。

こうして思い浮かべるだけでも、命が失われるその時をまざまざと見せつけられているような感覚に陥る。やはり意地が悪い。

「意地が悪い」は無論、褒め言葉である。そんな嫌な感覚を味わわせる澤村さんが、どれほど日本語を巧みに操っているのか、という話だからだ。

そもそも私が澤村さんの作品に出会ったのは、『ぼぎわんが、来る』（二〇一五、ＫＡＤＯＫＡＷＡ／角川書店）が最初だ。文庫版で読んだもので、刊行後少し時間が経ってからの出会いだった。Ｔｗｉｔｔｅｒで見かけて、〝ぼぎわん〟という聞き慣れない言葉と、表題に読点が入っていることが気になって手に取ったことをよく覚えている。〝ぼぎわんが〟の後にわざわざ読点を打つくらいだから、それが〝来る〟という事象を立てたいのだろう。だとすると、その存在を誇示すべき〝ぼきわん〟とは、いよいよもって何なのだろう。そんな思いを巡らせながら読んだデビュー作に、見事にハマった。

『ぼぎわんが、来る』だけではない。『ずうのめ人形』（二〇一六、ＫＡＤＯＫＡＷＡ／角川書店）の〝ずうのめ〟『ぜんしゅの跫』（二〇二一、ＫＡＤＯＫＡＷＡ）の〝ぜんしゅ〟など、澤村さんは、正体がわからなくとも薄気味悪い単語を生み出すことに長けている。そしてそれらは、薄気味悪いというのに気になる言葉でもある。案の定「おっ、また変な名前がついてるぞ」と新タイトルが出る度手に取り、澤村伊智にのめり込んでいった。

数々の澤村作品を読んで気づいたのが、彼の書く文章は堅苦しくなく平易で、スッと腹に落ちるということだった。小説を読み慣れない人間でも、随分と読み易いのではないだろうか。

私は声優という職業柄、与えられた台詞や文章の意味をどう解いて発すべきか推考するのが常である。それが仕事外でも癖になっているせいで、小説を読んでいても、音読でスムーズに読めないほど多すぎる読点や、若い登場人物が話し言葉で喋らないのが気になってしまう。それどころか「あえて〝そうした意味〟があるのでは」と心に留まり、話の本筋に集中出来なくなってしまうのだ。だが澤村作品にはそういったストレスを感じることがない。

登場人物たちの語り口調は自然な話し言葉でリアリティがあり、現実と地続きになっているような没入感を感じさせる。あまりに自然に引き込まれてゆくため、『せんせいあのね』や『通夜の帰り』のような叙述トリックに勘付くこともないまま読んでしまうこともままある。中でも、『さきのばし』には舌を巻いた。どんな攻め手で来るかと構えて読み始めたのも束の間。その緊張は矢島さんにカブトムシが引っ付いていたくだりですっかりほぐされ、ホッと安堵したその後にあの無慈悲なラストが来る。

『世にも奇妙な物語』の最後に出てくる話によくある、不思議系ほっこり作品かと思った自分を恥じた。これまで散々読み漁ってきたくせに、またもすっかり澤村さんの手のひらの上で転がされたというわけだ。こりゃあ完敗だ。

また、意識をしていても翻弄される場合もある。『保護者各位』がそれだ。

学校から保護者に向けたプリント形式で綴られる本作。その中に出てくる、〝かにくおばさん〟という単語が気になって気になって、すべての作業の手を止めて考察に走ってしまった。パッと浮かぶ文字は〝果肉〟だが、どうにもそんなフレッシュな印象とは結びつかない。〝かにくおばさん〟の自分の毛髪を食べているような様子や歯がボロボロという描写から、例えば人肉に代わる、タンパク質や旨み成分のある毛髪を摂取しては嘔吐を繰り返している（人体は毛髪を消化できない）。だから〝かにく〟は〝哈肉〟、〝獲肉〟だったりするのだろうか？などと拙劣な推測を巡らせるも、結局は得体が知れないからこそ怖く、面白い。

「得体が知れないから怖い」という点については、短編集『怖ガラセ屋サン』（二〇二一、幻冬舎）に収録されている『恐怖とは』の作中の会話にも出てくる。あらすじを概括すると、ゴシップカメラマンの男・菊池（きくち）に、情報屋の女・恵子（けいこ）が「恐怖とは何なのか」と問う話だ。

〝何が怖い？〟という質問は、恵子よろしく私もよく人に訊ねる。ホラーを好むあまり、「怖い＝楽しい」になり、ホラージャンルで怖がるという感情を味わうことができなくなってしまったからこそ、他人の恐怖するものを知りたい。しかし澤村さんは、遥（はる）かその先へ行っているのだろうと、『恐怖とは』を読了した際に思った。

菊池と恵子が導き出した、「恐怖とは嫌な予感である」「優れた恐怖演出とは客にそうした予想、予感をさせる技術のことです」という結論を、彼は体現している。どういう音でどういう表現をしたら読み手が慄（おのの）き嫌がるのか、恐怖に通暁（つうぎょう）しているからこそ書ける作品ばかりを産出している。そのくせ「怖がらせてやるぞ〜」と大仰（おおぎょう）に意気込む下心は感じられず、ただ淡々と、前述の通りの丁寧な日本語で綴られるからこそ読み手はゾッとするのだ。

ああそうだ。今、一つ恐怖を感じるものを挙げるとするならば、私は澤村伊智が恐ろしい。彼こそが生きる怖ガラセ屋サンであり、予想だにしない演出でまだまだ私たちを怖がらせてくれるのだろう。

二〇二三年五月

この作品はフィクションです。実在する人物、団体等とは一切関係ありません。

初出一覧

「君島くん」「通夜の帰り」「無題」
（宝島社文庫『5分で読める！ 背筋も凍る怖いはなし』）

「せんせいあのね」「はしのした」
（宝島社文庫『5分で読める！ ぞぞぞっとする怖いはなし』）

ほか書き下ろし

**澤村伊智**（さわむら いち）

1979年、大阪府生まれ。2015年、『ぼぎわんが、来る』（受賞時のタイトル「ぼぎわん」）で第22回日本ホラー小説大賞・大賞を受賞しデビュー。17年、『ずうのめ人形』で第30回山本周五郎賞候補。19年、「学校は死の匂い」で第72回日本推理作家協会賞（短編部門）受賞。20年、『ファミリーランド』で第19回センス・オブ・ジェンダー賞特別賞受賞。他の著書に『予言の島』『ばくうどの悪夢』など多数。

・本文DTP　株式会社プレスメディア
・編集　田中彩乃


# 一寸先の闇　澤村伊智怪談掌編集

（いっすんさきのやみ さわむらいちかいだんしょうへんしゅう）

2023年7月11日　第1刷発行
2024年7月19日　第8刷発行

---

著者　澤村伊智

発行人　関川 誠
発行所　株式会社 宝島社
〒102-8388　東京都千代田区一番町25番地
電話：営業03(3234)4621／編集03(3239)0599
https://tkj.jp

印刷・製本　中央精版印刷株式会社

---




ISBN978-4-299-04414-3